莎士比亚戏剧（音频讲解版）

奥瑟罗

莎士比亚 著

朱生豪 译 | 崔 岩 讲解

岳麓書社·长沙

图书在版编目(CIP)数据

奥瑟罗:音频讲解版/(英)莎士比亚著;朱生豪译,崔岩讲解. —长沙:岳麓书社,2018.10(2022.10重印)

(莎士比亚戏剧)

ISBN 978-7-5538-0808-6

Ⅰ.①奥… Ⅱ.①莎…②朱…③崔… Ⅲ.①悲剧—剧本—英国—中世纪 Ⅳ.①I561.33

中国版本图书馆CIP数据核字(2018)第142936号

AOSELUO: YINPIN JIANGJIE BAN

奥瑟罗:音频讲解版

作　　者:〔英〕莎士比亚

译　　者:朱生豪

讲　　解:崔　岩

责任编辑:李郑龙　黄金武

责任校对:舒　舍

封面设计:贺红梅

岳麓书社出版发行

地址:湖南省长沙市爱民路47号

直销电话:0731-88804152　0731-88885616

版次:2018年10月第1版

印次:2022年10月第3次印刷

开本:787mm×1092mm　1/32

印张:6.5

字数:114千字

印数:11 001—13 000

书号:ISBN 978-7-5538-0808-6

定价:29.80元

承印:廊坊市博林印务有限公司

如有印装质量问题,请与本社印务部联系

电话:0731-88884129

《奥瑟罗》讲解

序号	标题	二维码
1	**导读** 爱情容得下多少猜疑？	
2	**第一幕** 爱情真伟大	
3	**第二幕** 处心积虑	
4	**第三幕** 疑邻窃斧	
5	**第四幕** 眼见为实？	
6	**第五幕** 玉石俱焚	
7	**回顾** 嫉妒的本质是自卑	

听·全套莎翁讲解

《奥瑟罗》导读

《奥瑟罗》，是一出爱情悲剧。

莎士比亚的"四大悲剧"，主人公都是"王侯将相"。不过《哈姆莱特》《麦克白》《李尔王》的故事，都发生在宫廷，都围绕着王室成员。只有《奥瑟罗》，主人公虽然是一员大将，却是有着边缘身份的摩尔人将军，而主题，又是跟爱情有关。

爱情是多么美好

剧中的奥瑟罗，战功卓著，在威尼斯共和国可以算是股肱良将，国之倚重。他跟元老贵族的女儿苔丝狄蒙娜坠入了爱河。如果只看本剧的第一幕，无疑，这是个很"莎士比亚"的故事：男女主角冲破世俗的阻力和封建的枷锁，勇敢地走到一起，有情人终成眷属。

这本来应该是个皆大欢喜的故事，也是个很励志的故事。奥瑟罗"从奴隶到将军"，出身低微，阅历丰富，九死一生，终于功成名显，抱得美人归；苔丝狄蒙娜慧眼识英雄，与奥瑟罗两情相悦，私订终身，虽经坎坷，却最终得偿所愿。英雄配美人，美女爱英雄——多么顺理成章，多么美满幸福！

假如故事只有这一幕戏，一切似乎都是那么美好。我们再一次看到了爱情超越了种族、权势、门第、财富，在两个相爱的人之间生根发芽，冲破阻挠，忠贞不渝，终成正果。

这样的故事我们听过很多，有的以殉情收尾，比如莎士比亚自己的《罗密欧与朱丽叶》，东方的故事《梁山伯与祝英台》；也有的以美满作结，比如莎翁的《皆大欢喜》，比如东方的故事《西厢记》。

在《奥瑟罗》的开头，我们似乎又看到了一个这样的故事。奥瑟罗和苔丝狄蒙娜，共同经历过了这一切，我们似乎有充足的理由相信，这一对有情人，从此可以过上琴瑟和谐、夫唱妇随的美好生活。可《奥瑟罗》如果就是这样的一个故事，不免落入了俗套，也就不可能是位列“四大悲剧”的《奥瑟罗》了。

爱情仍然是美好的，有情人也的确经得起人生坎坷的考验。但是，堡垒往往是从内部攻破的，如果相爱的两个人之间有了嫌隙呢？

爱情是多么脆弱

可是嫌隙是从哪里来的呢？

如此相爱的两个人，新婚燕尔，如胶似漆，正是情意缱绻的时候，两个人在一起，外界的任何压力都不怕，又有什么能够破坏他们两个人之间的关系呢？

只有他们自己。

的确，是那个“诚实”的伊阿古在其中使坏，是他欺骗了所有的人，把所有的人玩弄于股掌之间，一手导演了塞浦路斯岛上这一出大戏，结局之惨烈，让所有心中有爱的人看了，都免不了唏嘘不已。但是，“苍蝇不叮无缝的鸡蛋”，如果两个人果真如他们所声称的那样，忠贞不渝，毫无嫌隙，又怎么能让坏人有机可乘？

说到底，伊阿古只是制造了假象，但是那个相信假象的人，不是奥瑟罗自己吗？面对一句传言，明明有很多的可能性，为什么他偏偏就更愿意相信最坏的那种呢？为什么宁可相信一个外人，也不相信自己最亲近的人呢？说好的爱情呢？说好的信任呢？

爱情是多么脆弱，又是多么自私。奥瑟罗口口声声地说爱着苔丝狄蒙娜，可是最后的杀妻自尽，难道不是赤裸裸的占有欲在作祟吗？

小小的可能性

那他们的爱情是真的吗？会不会一开始就错了？

答案是真的。正因为是真的，才会有猜疑，才会有嫉妒，才会有不安，甚或恐慌，直至崩溃。那种彼此相爱，彼此信任，彼此没有一丝怀疑的爱情，不是没有，但从概率上来说，也并非常态。爱情，黏似胶，甜如蜜，但也时不时会有争吵，会猜来猜去，会患得患失。这本身就是恋爱的一部分，只要不会影响两个人关系的实质，这点小摩擦，有时候反而会让爱情更加巩固。恋爱过的人对这一切应该都不会陌生吧。这也正是《奥瑟罗》这部剧的现实意义所在。

但，前提是，不会崩塌。心中有了怀疑，再有人在外推波助澜，一个小小的、莫须有的猜疑，就会在心里长草，就会被无限地放大。而心里如果有了成见，那么看自己的恋人，就怎么看怎么不对劲了。这种“疑邻窃斧”式的怀疑，最终会冲破理智的堤坝，最终达到不可收拾的地步。奥瑟罗，就是这样的一个极端例子。可是，还是那个问题，这点怀疑的种子究竟是从哪里来的呢？真的是坏人伊阿古种在奥瑟罗心田之中的吗？

不，伊阿古只是一个提醒者，他提醒了奥瑟罗有这样一个可能，并且用一系列的假象增大了看上去的可能性。而奥瑟罗，既然他无法完全排除这种可能，那么就不得不面对它的不断滋长。

他甚至都没有试图去主动证实或者证伪。不错，他看到了伊阿古给他的“证据”，他在心里坐实了他的怀疑，但其实这些都是他被动接受的。明明跟苔丝狄蒙娜来几句直接的问话，可能事情就能得到澄清，但是他甚至都没有勇气这么做。他在逃避。这就是奥瑟罗的懦弱之处。他其实本能地并不想去验证自己的恋人对自己究竟是否有不贞，他害怕那个可能的结果。

人为什么会嫉妒

妻子可能跟自己的副官有染，这让奥瑟罗妒火中烧，几近疯狂。他深深地陷入了嫉妒当中。其实在本剧当中，嫉妒别人的，并非只有奥瑟罗一个人，还有那个“诚实”的伊阿古。

奥瑟罗的嫉妒，是来自于自己的妻子可能对别人青睐有加，甚至对他不贞。而伊阿古的嫉妒，源于自己没能得到想要的官职。有意思的是，这两种嫉妒虽然动机并不相同，但是对象却是相同的：副官凯西奥。

他有什么好？从奥瑟罗的角度：凯西奥有什么好？为什么我的爱人会喜欢他？从伊阿古的角度：他有什么好？为什么他能当副官而我不能？人为什么会嫉妒？就是恨人有，愤己无吧！

嫉妒通常只会发生在地位、条件差不多的人之间。天壤之别的人之间，是不会有嫉妒的。皇帝不会嫉妒乞丐，乞丐也不会嫉妒皇帝，通常情况下，这两者完全没有可比性。但只要在某一方面有比较的可能性，嫉妒就有可能产生。

奥瑟罗是统帅，凯西奥是他的副官，二者在地位上并不对等。但是在爱情的层面，奥瑟罗是个成年男子，凯西奥也是。而凯西奥年轻英俊，前途可期，对奥瑟罗来说，这不构成威胁吗？

伊阿古和凯西奥都是在奥瑟罗手底下做事，伊阿古自视甚高。从全剧的发展来看，他也的确有这个资本。他了解人性，做事老练，诡计多端，又往往能够达到自己的目的。这样有手段有本事的人，难道还不如一个小小的凯西奥吗？进而，他的手段难道不如那个黑黑的摩尔人吗？这个识人不明的异族家伙，配做统帅吗？

嫉妒心只要一起，如果不加控制，就会让人走向毁灭。奥瑟罗毁了苔丝狄蒙娜和他自己，毁了他们的爱情；伊阿古毁了他的敌人，他的妻子，最终也毁了他自己。但是，人为什么会嫉妒呢？于奥瑟罗而言，是自卑；于伊阿古而言，是自负。

摩尔人奥瑟罗

奥瑟罗在战场上，是一员猛将，但是在情场上，只能算是一名幼童。爱的时候，他无条件去爱；妒的时候，他完全无法控制住自己。

他为什么会嫉妒凯西奥？这个人比他年轻，比他英俊，更重要的是，他是一个威尼斯人，是个白人。

剧中好几次强调，奥瑟罗是个摩尔人。摩尔人，是一个很笼统的称呼，其内涵和外延，在历史上经历了很多变迁，其所指甚至经常自相矛盾。简单来说，摩尔人是中世纪及其之后，生活在北非的穆斯林族群。广义来讲，生活在西非和北非，比如摩洛哥、毛里塔尼亚等地的穆斯林，都可以算作是摩尔人。欧洲“地理大发现”时代，航行到东非、东南亚等地的欧洲人，有时候也管在那些地方生活的穆斯林叫“摩尔人”。

摩尔人长期以来都是欧洲人的敌人，他们彼此征战，恩怨纠缠，是非情仇错综复杂。尽管定义模糊，但是有一点在剧中是确定的：奥瑟罗是个摩尔人，他的皮肤黝黑。简单来说，尽管奥瑟罗是一个已经皈依了基督教的摩尔人，在为威尼斯共和国做事，而且战功卓著，但是对威尼斯人来说，奥瑟罗毕竟“非我族类”。

这个身份对奥瑟罗来说究竟意味着什么？

表面上看，好像没有什么妨碍。他凭着自己的努力，得到了威尼斯元老院的认可，在土耳其舰队来犯的时候，得到了充分的信任。凭着这份信任，他也迎娶了不被父亲祝福的新娘——当上大将军，迎娶白富美，走上人生巅峰——他几乎已经做到了一个摩尔人可以做到的一切。

可是，他是不是被威尼斯社会接纳了呢？官方的认可是有了，但也是形势所迫；苔丝狄蒙娜的父亲至死都不同意这门亲事，甚至将女儿扫地出门；他的手下，他周围的人在对他心起怨恨的时候，都会无情地骂他这个摩尔人，拿他的黑皮肤、厚嘴唇取笑……

但其实这些，都不足以致命。他奥瑟罗，堂堂男子汉，不是凭着自己的本事，一刀一枪地挣出了自己的地位吗？他怕过谁？

可是问题出在他自己：他不自信了。

本来他很自信的，但是在“诚实”的伊阿古三寸不烂之舌的蛊惑之下，他内心的自卑被挖掘了出来。简单来说就是，人家堂堂元老贵族的千金，凭什么会爱上你这个“黑鬼”？本来，这只是外界对他们的看法，相爱的两个人本可以不屑一顾。但是奥瑟罗开始较真了，导火索就是他对凯西奥的嫉妒。

如果他认为在自己的爱人面前，凯西奥完全无法和他相比，他大概也不会有后续的反应。但问题就是，他发现自己“无法完全”排除这个可能性，他控制不住自己的想象力，思维很快就会变成“完全无法”排除这个可能性，进而，如果有了他既怕见到，又非常可能出现的“证据”，这个“可能性”，也就变成了“必然性”了。

这是一条漏洞百出的逻辑链条，但是恋爱中的人，智商直线下降。曾经，他是一位那么心思缜密的将军，但是在情感面前，他已经失去了理智。最有漏洞的地方，就出在这个“逻辑链条”的最初动机：他为什么会相信妻子有对自己不贞的可能性？

自卑啊！也就是说，骨子里，他还是会觉得，自己可能不够资格得到富家千金的爱。那些外界的流言蜚语、诋毁中伤，在他俩热恋之时他尽可以不管不顾，但是在塞浦路斯安静的气氛之下，他倒是开始觉得似乎有那么回事了。

他是个摩尔人，这件事情最终还是对他产生了影响。

一个富家千金小姐，凭什么爱上我这个摩尔人呢？反过来问：这位小姐，既然连我这样的摩尔人都能爱上，为什么就不可能爱上别人呢？美女爱英雄，不假，可是美女不也会爱上帅哥吗？这两者哪一方更有吸引力呢？或者都有呢？这太可怕了！

坏人伊阿古

奥瑟罗就这样被自己想象出来的可能性折磨着，而有人却乐开了花。

伊阿古，是莎士比亚的戏剧当中难得一见的、彻底的坏人。他巧舌如簧，利用别人对他的信任，搬弄是非。他冷酷、奸诈、用心歹毒，是一个彻头彻尾的阴谋家。

但是，伊阿古可不是一个简单的坏人。他言辞毒辣，语言富有哲理；他心思缜密，行动雷厉风行；他谙熟人性，每每一击必中……如此说来，他还是一个谈判专家，一个行动家，同时也是一个心理学家。他的台词与奥瑟罗不相上下，出场频率也非常高。看到最后，在我们痛恨伊阿古的同时，回头来看，本剧的主角与其说是奥瑟罗，还不如说是两个主角：奥瑟罗和伊阿古。

他是个很高明的坏人，坏就坏在，他坏得很“不明显”。当然，从观众的角度来看，一开始我们就知道他是个坏人，可这是剧本的设计；从剧中人的角度来看，伊阿古真的不像个坏人。他声称可以帮助那位威尼斯贵族洛特利哥赢得苔丝狄蒙娜的芳心，顺利地把他变成了自己的钱袋子和帮凶。这位冤大头一次次被利用，一次次吃亏，虽然对伊阿古不乏怀疑，但每次都被伊阿古忽悠得怀疑人生，心甘情愿地为他所用。他设计害得凯西奥酒后失态，丢官丢面，结果凯西奥还要向他寻求建议，让他帮忙官复原职。伊阿古一次次构陷凯西奥，而凯西奥还对他感恩戴德。对奥瑟罗就更不用说了，明明一切谣言都是出自伊阿古之口，奥瑟罗却偏偏深信不疑。

伊阿古就这样在众人当中如鱼得水，游刃有余，把一票高官显贵、将军佳人，都玩弄于股掌之间。他一度欺骗了所有的人，所有的人都信任他，称他是“诚实”的伊阿古。

是这些人都瞎了眼吗？怎么就看不出这是一个小人？观众或者读者会有此一问，是因为剧本在一开始就给我们透露了足够的信息，让我们自始至终就在看着伊阿古如何拨弄是非。但是从剧中人的角度来看，“诚实”的伊阿古，真的不是个坏人。

不是这样吗？他几乎从来不当面说别人一句坏话，甚至当对方说别人不是的时候，他还要替那人辩解。他表现得是那样急人所困，当别人需要帮助的时候，他总是冲在前面。他是个好谋士，当人陷入困境时，他总是会有看上去非常好的主意……

然而这一切都是假象。伊阿古经常欲言又止，说出来的话往往语焉不详，暧昧不清，而这样反而能最大程度吊起别人的好奇心。他想要实施的坏事，从来不亲自动手，而是使用像洛特利哥这样的“冤大头”充当他的“白手套”。他给人出主意的时候，从不直接把自己想说的说出来，而是诱导别人“思考”；故意让人看到的“事实”，也都是让当事人自己去“发现”。他很清楚，只有人们自己“发现”“思考”得出的结论，才会深信不疑。

这就是伊阿古的厉害之处，也是他的可怕之处。他充分地了解人性，充分地利用了人性，层层设套，处处连环，最终达到他想要的效果。正所谓“明枪易躲，暗箭难防”，奥瑟罗是一个正人君子，其他的人也都心思单纯，哪里是伊阿古的对手？

毫无疑问，伊阿古是个坏人，坏透了的人。但是，奥瑟罗杀妻自尽，凯西奥重伤，洛特利哥垂死，这些都只是他使坏造成的吗？如果爱情没有裂痕，他又怎么能挑起是非？如果凯西奥谨言慎行，他又怎么有机会把他灌醉？如果洛特利哥自身没有贪欲，又怎么会被他利用？他只是利用了众人之间的嫌隙，引导目标自行发挥想象力罢了。伊阿古最直接的作恶，体现在他的妻子身上，这是他最狠毒与冷酷的表现。其他的恶都与他有关，但谁能说这些人自身就毫无问题呢？

伊阿古就像一个放大器。如果相爱的双方本身没有一点不信任、不踏实，又怎会让坏人有机可乘？

爱情是那么美好，希望奥瑟罗的悲剧不要重演。

崔　岩

2018 年 7 月 29 日

于轩辕十四工作室

朱生豪自序

于世界文学史中，足以笼罩一世，凌越千古，卓然为词坛之宗匠，诗人之冠冕者，其唯希腊之荷马，意大利之但丁，英之莎士比亚，德之歌德乎？此四子者，各于其不同之时代及环境中，发为不朽之歌声。然荷马史诗中之英雄，既与吾人之现实生活相去过远。但丁之天堂地狱，复与近代思想诸多抵牾。歌德去吾人较近，彼实为近代精神之卓越的代表。然以超脱时空限制一点而论，则莎士比亚之成就，实远在三子之上。盖莎翁笔下之人物，虽多为古代之贵族阶级，然彼所发掘者，实为古今中外贵贱贫富人人所同具之人性。故虽经三百余年以后，不仅其书为全世界文学之士所耽读，其剧本且在各国舞台与银幕上历久搬演而弗衰，盖由其作品中具有永久性与普通性，故能深入人心如此耳。

中国读者耳莎翁大名已久，文坛知名之士，亦尝将其作品，译出多种，然历观坊间各译本失之于粗疏草率者尚少，失之于拘泥生硬者实繁有徒。拘泥字句之结果，不仅原作神味，荡焉无存，甚且难深晦涩，有若天书，令人不能卒读，此则译者之过，莎翁不能任其咎者也。

余笃嗜莎剧，尝首尾研诵全集至十余遍，于原作精神，自觉颇有会心。廿四年春，得前辈同事詹文浒先生之鼓励，始着手为翻译全集之尝试。越年战事发生，历年来辛苦搜集之各种莎集版本，及诸家注释考证批评之书，不下一二百册，悉数毁于炮火，仓卒中唯携出牛津版全集一册，及译稿数本而已。厥后转辗流徙，为生活而奔波，更无暇晷，以续未竟之志。及三十一年春，目观世变日亟，闭户家居，摈绝外务，始得专心壹志，致力译事。虽贫穷疾病，又相煎迫，而埋头伏案，握管不辍。凡前后历十年而全稿完成。（按译者撰此文时，原拟在半年后可以译竟。讵意体力不支，厥功未就，而因病重辍笔）夫以译莎工作之艰巨，十年之功，不可云久，然毕生精力，殆已尽注于兹矣。

余译此书之宗旨，第一在求于最大可能之范围内，保持原作之神韵；必不得已而求其次，亦必以明白晓畅之字句，忠实传达原文之意趣；而于逐字逐句对照式之硬译，则未敢赞同。凡遇原文中与中国语法不合之处，往往再四咀嚼，不惜全部更易原文之结构，务使作者之命意豁然呈露，不为晦涩之字句所掩蔽。每译一段竟，必先自拟为读者，察阅译文中有无暧昧不明之处。又必自拟为舞台上之演员，审辨语调之是否顺口，音节之是否调和。一字一句之未惬，往往苦思累日。然才力所限未能尽符理想，乡居僻陋，既无参考之书籍，又鲜质疑之师友。谬误之处，自知不免。所望海内学人，惠予纠正，幸甚幸甚！

原文全集在编次方面，不甚惬当，兹特依据各剧性质，分为“喜剧”“悲剧”“杂剧”“史剧”四辑，每辑各自成一系统。读者循是以求，不难获见莎翁作品之全貌。昔卡莱尔尝云“吾人宁失百印度，不愿失一莎士比亚”。夫莎士比亚为世界的诗人，固非一国所可独占；倘因此集之出版，使此大诗人之作品，得以普及中国读者之间，则译者之劳力，庶几不为虚掷矣。知我罪我，唯在读者。

生豪书于三十三年四月

剧 中 人 物

勃拉班修 ◆ 元老，苔丝狄蒙娜之父

葛莱西安诺 ◆ 勃拉班修之弟

罗多维科 ◆ 勃拉班修的亲戚

奥瑟罗 ◆ 摩尔族贵裔，供职威尼斯军界

凯西奥 ◆ 奥瑟罗的副将

伊阿古 ◆ 奥瑟罗的旗官

洛特利哥 ◆ 威尼斯绅士

蒙泰诺 ◆ 塞浦路斯总督，奥瑟罗的前任

小丑 ◆ 奥瑟罗的仆人

苔丝狄蒙娜 ◆ 勃拉班修之女，奥瑟罗之妻

爱米利娅 ◆ 伊阿古之妻

比恩卡 ◆ 凯西奥的情妇

公爵、元老、水手、吏役、绅士、使者、乐工、传令官、侍从等

地 点

第一幕在威尼斯，其余各幕在塞浦路斯岛一海口

第 一 幕

第一场

威尼斯　街道

❖洛特利哥及伊阿古上

洛特利哥　嘿！别提这事了伊阿古。我把我的钱袋交给你支配，让你随意花用，你却做了他们的同谋，这太不够朋友啦。

伊阿古　他妈的！你总不肯听我说下去。要是我做梦会想到这种事情，你就不要把我当作一个人。

洛特利哥　你告诉过我，你对他是一向怀恨在心的。

伊阿古　要是我不恨他，你从此别理我。这城里的三个大人物亲自向他打招呼，举荐我做他的副将。凭良心说，我知道我自己的价值。难道我就做不得一个副将？可是他眼睛里只有自己没有别人，对于他们的请求，都用一套充满了军事用语的空话回绝了；因为，他说："我已经选定我的将佐了。"他选中的是个什么人呢？哼，一个算学大家，一个叫作迈克尔·凯西奥的佛罗伦萨人，一个因为娶了娇妻而几乎误了终身的家伙。他从来不曾在战场上领过一队兵，对于布阵作战的知识，简直不比一个老守空闺的女人知道得更多；即使懂得一些书本上的理论，那些身穿宽袍的元老大人们讲起来也会比他更头头是道。只有空谈，不切实际，这就是他全部的军事才能。可是，老兄，他居然得到了任命。我在罗得斯、塞浦路斯，以及其他基督徒和异教徒的国土之上立过多少的军功，这都是他亲眼看见的。现在我却必须低首下心，受一个市侩的指挥。这位掌柜居然做起他的副将来，而我呢——上帝恕我这样说——却只在这位黑将军的麾下当一名旗官。

洛特利哥 天哪，我宁愿做他的刽子手。

伊阿古 这也是没有办法呀。说来真叫人恼恨，军队里的升迁可以全然不管古来的定法，按照各人的阶级依次递补。只要谁的脚力大，能够得到上官的欢心，就可以越级擢升。现在，老兄，请你替我评一评，我究竟为了什么理由要跟这摩尔人要好。

洛特利哥 假如是我，我就不愿跟随他。

伊阿古 啊，老兄，你放心吧。我之所以跟随他，不过是要利用他达到我自己的目的。我们不能每个人都是主人，每个主人也不是都有忠心的仆人。有一种天生的奴才，他们卑躬屈膝，拼命讨主人的好，甘心受主人的鞭策，像一头驴子似的，为了一些粮草而出卖他们的一生。等到年纪老了，主人就把他们撵走。这种老实的奴才是应该抽一顿鞭子的。还有一种人，他们表面上尽管装出一副鞠躬尽瘁的样子，骨子里却是为他们自己打算；看上去好像是替主人做事，实际却在借主人的牌头发展自己的势力。这种人还算有几分头脑。我承认我自己就属于这一类。因为，老兄，正像你是洛特利哥而不是别人一样，我要是做了那摩尔人，我就不会是伊阿古。我虽说跟随他，其实还是跟随我自己。上天是我的公证人，我这样对他陪着小心，既不是为了感情，又不是为了义务，只是为了自己的利益，才戴上这一副假面具。要是我表面上的行动真的出自我内心的自然流露，那么不久我就要掬出我的心来，让乌鸦们乱啄了。世人所知道的我，并不是实在的我。

洛特利哥 要是那厚嘴唇的家伙也有这么一手，他可以挣到一份多大的家产！

伊阿古 叫她的父亲来。不要放过他，打断他的兴致，在各处街道上宣布他的罪恶，激怒她的亲族。让他虽然住在气候宜人的地方，也免不了受蚊蝇的滋扰；虽然享受着盛大的欢乐，也免不了受烦恼的缠绕。

洛特利哥 这儿就是她父亲的家，我要高声叫喊。

伊阿古 很好，你嚷起来吧，就像在一座人口众多的城里，因为晚间失慎而火烧起来的时候，人们用那种惊骇惶恐的声音呼喊一样。

洛特利哥 喂，喂，勃拉班修！勃拉班修先生，喂！

伊阿古 醒来！喂，喂！勃拉班修！捉贼！捉贼！捉贼！留心你的屋子、你的女儿和你的钱袋！捉贼！捉贼！

❖勃拉班修自上方窗口上

勃拉班修 大惊小怪地叫些什么呀？出了什么事？

洛特利哥 先生，您家里没有少人吗？

伊阿古 您的门都锁上了吗？

勃拉班修 咦，你们为什么这样问我？

伊阿古 哼！先生，有人偷了您的东西去啦，还不赶快披上您的袍子！您的心碎了，您的灵魂已经丢掉了半个。就在这时候，就在这一刻工夫，一头老黑羊在跟您的白母羊交尾哩。起来，起来！打钟惊醒那些鼾睡的市民，否则魔鬼要让您抱孙子啦。喂，起来！

勃拉班修 什么！你发疯了吗？

洛特利哥 老先生，您能听得出我的声音吗？

勃拉班修 我听不出，你是谁？

洛特利哥 我的名字是洛特利哥。

勃拉班修 讨厌！我叫你不要在我的门前走动。我已经老老实实、明明白白对你说，我的女儿是不能嫁给你的。现在你吃饱了饭，喝醉了酒，疯疯癫癫，不怀好意，又要来扰乱我的安静了。

洛特利哥 先生，先生，先生！

勃拉班修 可是你必须明白，我不是一个好说话的人。要是你惹毛了我，凭着我的地位，只要略微拿出一点儿力量来，你就要叫苦不迭了。

洛特利哥 好先生，不要生气。

勃拉班修 说什么有贼没贼？这儿是威尼斯，我的屋子不是一座独家的田庄。

洛特利哥 最尊贵的勃拉班修，我是一片诚心来通知您。

伊阿古 嘿，先生，您也是那种因为魔鬼叫他敬奉上帝而把上帝丢在一旁的人。您把我们当作了坏人，所以把我们的好心看成了恶意，宁愿让您的女儿给一匹黑马骑了，替您生下一些马子马孙，攀一些马亲马眷。

勃拉班修 你是个什么混账东西，敢这样胡说八道？

伊阿古 先生，我是一个特意来告诉您一个消息的人，令爱现在正跟那摩尔人干那禽兽一样的勾当哩。

勃拉班修 你是个浑蛋！

伊阿古 您是一位——元老呢。

勃拉班修 你留点儿神吧；洛特利哥，我认识你。

洛特利哥 先生，我愿意负一切责任。可是请您允许我说一句话。要是令爱因为得到您的同意，所以才会在这样一个夜深人静的晚上，让一个公爵的奴才，一个下贱的船夫，把她载到一个贪淫的摩尔人的粗野的怀抱里——要是您对于这件事情不但知道，而且默许——照我看来，您至少已经给了她一部分的同意——那么我们的确太放肆、太冒昧了；可是假如您果真不知道这件事，那么从礼貌上说起来，您也不应该对我们恶声相向。难道我会这样一点不懂规矩，敢来戏侮一位像您这样年尊的长者吗？我再说一句，要是令爱没有得到您的许可，就把她的责任、美貌、智慧和财产，全部委弃在一个四海为家、漂泊流浪的异邦人的身上，那么她的确已经犯下了一件重大的逆行了。您可以立刻去调查一个明白，要是她好好地在她的房间里或是在您的屋子里，那么是我欺骗了您，您可以按照国法惩办我。

勃拉班修 喂，点起火来！给我一支蜡烛！把我的仆人全都叫起来！这件事情很像我的噩梦，它的极大的可能性已经重压在我的心头了。喂，拿火来！拿火来！

❖自上方下

伊阿古 再会，我要少陪了。要是我留下，我就不得不与这摩尔人当面对证，那不但不大相宜，而且对我的地位大有不便。因为我知道无论他将要因此而受到什么谴责，政府方面现在还不能马上把他监禁起来。他就要出发去指挥那正在进行中的塞浦路斯的战事了。这是他们必须宽宥他的一个重大理由，因为没有第二个人有像他那样的才能，可以担当这一重任。所以虽然我恨他像恨地狱里的刑罚一样，可是根据眼下的情况，我不得不和他假意周旋，也不过是表面上的敷衍而已。你等他们出来找人的时候，只要领他们到市政厅去，一定可以找到他。那时我也会跟他在一起。再会吧。

❖下

❖勃拉班修率众仆持火炬自下方上

勃拉班修 真有这样的祸事！她去了，只有悲哀怨恨伴着我这衰朽的余年！洛特利哥，你在什么地方看见她的？——啊，不幸的孩子！——你说跟那摩尔人在一起吗？——谁还愿意做一个父亲！——你怎么知道是她？——唉，想不到她会这样欺骗我！——她对你怎么说？——再拿些蜡烛来！唤醒我的所有的亲族！——你认为他们有没有结婚？

洛特利哥 说老实话，我想他们已经结了婚啦。

勃拉班修 天哪！她怎么出去的？啊，这个背叛亲情的不肖女！做父亲的人啊，从此以后，你们要千万留心你们女儿的行动，不要信任她们。世上有没有一种引诱少女失去贞操的魔术？洛特利哥，你有没有在书上读到过这一类的事情？

洛特利哥 是的，先生，我的确读到过。

勃拉班修 叫我的兄弟过来！唉，我后悔没让你娶了她去！你们快去给我分头找寻！你知道我们可以在哪里捉到她和那个摩尔人？

洛特利哥 要是您愿意多派几个得力的人手跟着我前去，我想我可以找到他的踪迹。

勃拉班修 请你带路。我要去每一户人家搜寻，大部分的人家都在我的掌控之中。喂，多带一些武器！叫几个巡夜的警吏！去吧，好洛特利哥，我一定给你重赏。

❖同下

第二场

另一街道

❖奥瑟罗、伊阿古及侍从等持火炬上

伊阿古 虽然我在战场上杀过不少的人，可是我总觉得有意杀人是违背良心的。我缺少作恶的本能，这往往使我不能做我所要做的事。我想过好多次把我的剑从他的肋骨下面刺进去的场景。

奥瑟罗 还是随他说去吧。

伊阿古 可是他唠里唠叨地说了许多破坏您的名誉的难听话，像我这样一个荒唐的家伙也实在忍不住心头的怒气。可是请问主帅，你们有没有办过婚礼？您要注意，这位元老是很得人心的，他的潜在势力比公爵还要大上一倍。他会拆散你们的姻缘，尽量运用法律的力量来给您种种压制和迫害。

奥瑟罗 随他怎样发泄他的愤恨吧。我对贵族所立的功劳，就可以驳倒他的控诉。世人还不明白——要是吹牛是一件荣耀的事，我就要到处宣扬——我有高贵的血统，我对我现在所拥有的权势问心无愧。告诉你吧，伊阿古，倘不是我真心爱恋温柔的苔丝狄蒙娜，即使给我大海中所有的珍宝，我也不愿意放弃我无拘无束的自由生活来甘受家室的羁缚的。瞧！那边举着火把走来的是些什么人？

伊阿古 她的父亲带着他的亲友来找您了，您还是进去躲一躲吧。

奥瑟罗 不，我要让他们看见我，我的地位和我清白的人格可以替我表明一切。是他们吗？

伊阿古 对双面神[1]起誓，我想不是。

❖凯西奥及若干吏役持火炬上

---

① 双面神：雅努斯是罗马人的保护神。他有前后两副脸孔，一副看着未来，一副看着过去。

奥瑟罗 原来是公爵手下的人，还有我的副将。晚上好，各位朋友！有什么消息吗？

凯西奥 主帅，公爵向您致意，请您立刻就过去。

奥瑟罗 你知道是什么事吗？

凯西奥 照我猜想，大概是塞浦路斯方面的事情，看样子很是紧急。就在这一个晚上，兵船上已经连续派了十二个使者飞桨出发；许多元老都从睡梦中被人叫了起来，在公爵府里集合了。他们正在到处找您。因为您不在家里，所以元老院派了三队人出来分头寻访。

奥瑟罗 幸而我给你找到了。我到这屋子里说一句话，就来跟你同去。

❖下

凯西奥 他到这儿来有什么事？

伊阿古 不瞒你说，他今天夜里登上了一艘陆地上的大船，要是能够证明那是一件合法的战利品，他就可以成家立业了。

凯西奥 我不懂你的话。

伊阿古 他结了婚啦。

凯西奥 跟谁结婚？

❖奥瑟罗重上

伊阿古 呃，跟来，主帅，我们去吧。

奥瑟罗 好，我跟你走。

凯西奥 又有一队人来找您了。

伊阿古 那是勃拉班修。主帅，请您留心点儿，他来是不怀好意的。

❖勃拉班修、洛特利哥及吏役等持火炬及武器上

奥瑟罗 喂！站住！

洛特利哥 先生，这就是那摩尔人。

勃拉班修 杀死他，这贼！【**双方拔剑**】

伊阿古 你，洛特利哥！来，我们来比个高下。

奥瑟罗 收起你们明晃晃的剑，它们沾了露水会生锈的。老先生，像您这么年高德劭的人，有什么话不可以吩咐我们，何必动起武来呢？

勃拉班修 啊，你这恶贼！你把我的女儿藏到什么地方去了？你也不想想你自己是个什么东西，胆敢用妖法蛊惑她；我们只要凭着情理判断，像她这样一个年轻貌美、娇生惯养的姑娘，多少我们国里有财有势的俊秀

子弟她都看不上眼。倘不是中了魔，怎么会不怕人家的笑话，背着尊亲投奔到你这个丑恶的黑鬼的怀里？——吓都把她吓坏了，还有什么乐趣可言！世人可以替我评一评理，你用邪恶的符咒欺诱她娇弱的心灵，用药饵丹方迷惑她的知觉，这不是显而易见的吗！我要在法庭上叫大家评论评论，这种事情是不是很可能发生的。所以我现在逮捕你，妨害风化、行使邪术便是你的罪名。抓住他，要是他敢反抗，你们就用武力制服他。

奥瑟罗 不管是不是我这边的，都给我住手！我要是想打架，我自己会知道应该在什么时候动手。您要我到什么地方去答复您的控诉？

勃拉班修 到监牢里去，等法庭传唤你的时候你再开口。

奥瑟罗 要是我听从您的话去了，那么怎么答复公爵呢？他的使者就在我的身边，为了紧急的公事准备带我去见他。

吏役 真的，大人，公爵正在举行会议，我相信他已经派人请您去了。

勃拉班修 怎么！公爵在举行会议！在这样夜深的时候！把他带去。我的事情也不是一件等闲小事；公爵和我的同僚们听见了这个消息，一定会感到这种侮辱简直就像加在他们自己身上一般。要是这样的行为可以置之不问，奴隶和异教徒都要来主持我们的国政了。

❖同下

第三场

议事厅

【公爵及众元老围桌而坐；吏役等随侍】

公　爵　这些消息彼此分歧，令人难以置信。

元老甲　消息的确不一致，我的信上说是共有船只一百零七艘。

公　爵　我的信上说是一百四十艘。

元老乙　我的信上又说是两百艘。它们所报的数目虽然各不相同——因为根据估计所得的结果，难免多少有些出入——不过它们都证实确有一支土耳其舰队在向塞浦路斯进发。

公　爵　嗯，这种事情推想起来很有可能。即使消息不尽正确，大体上总是有根据的，我们倒不能不担着几分心事。

水　手　【在内】喂！喂！喂！有人吗？

吏　役　一个从船上来的使者。

❖一水手上

公　爵　什么事？

水　手　安哲鲁大人叫我来此禀告殿下，土耳其人调集舰队，正在向罗得斯进发。

公　爵　你们对于这一个变动有什么意见？

元老甲　照常识判断，这是不会有的事；它无非是转移我们目标的一种诡计。我们只要想一想，塞浦路斯对于土耳其人的重要性，远在罗得斯以上，而且攻击塞浦路斯，也比攻击罗得斯容易得多，因为它的防务比较空虚，不像罗得斯岛那样戒备严密；我们只要想到这一点，就可以断定土耳其人绝不会那样愚笨，甘心舍本逐末，避轻就重，进行一场无益的冒险。

公　爵　嗯，他们的目标绝不是罗得斯，这是可以断定的。

吏　役　又有消息来了。

❖一使者上

使　者　公爵和各位大人，向罗得斯驶去的土耳其舰队，已经和后来的另外一支舰队会合了。

元老甲　嗯，果然符合我的预料。照你猜想，一共有多少船只？

使　者　三十艘；它们现在已经回过头来，显然是要开向塞浦路斯去的。蒙泰诺大人，您的忠实英勇的仆人，本着他的职责，叫我来向您报告这一消息。

公　爵　那么一定是到塞浦路斯去的了。玛克斯·勒西科斯不在威尼斯吗？

元老甲　他现在到佛罗伦萨去了。

公　爵　替我写一封加急的信给他。

元老甲　勃拉班修和那勇敢的摩尔人来了。

❖勃拉班修、奥瑟罗、伊阿古、洛特利哥及吏役等上

公　爵　英勇的奥瑟罗，我们必须立刻派你向我们的公敌土耳其人作战。**【向勃拉班修】** 我没有看见你，欢迎，先生，我们今晚正需要你的指教和帮助呢。

勃拉班修　我也同样需要您的指教和帮助。殿下，请您原谅，我并不是因为职责所在，也不是因为听到了什么国家大事而从床上惊起；国家的安危不能引起我的注意，因为我个人的悲哀如江水一般奔涌而出，把其余的忧虑一起吞没了。

公　爵　啊，为了什么事？

勃拉班修　我的女儿！啊，我的女儿！

公爵、众元老　死了吗？

勃拉班修　嗯，她对于我来说是死了。她已经被人污辱了。人家把她从我家拐走，用江湖骗子的符咒药物引诱她堕落。像我女儿这样一个没有残疾、眼睛明亮、理智健全的人，倘不是中了魔法的蛊惑，绝不会犯这样荒唐的错误。

公　爵　如果有人用这种邪恶的手段引诱你的女儿，使她丧失了自己的本性，使你丧失了她，那么无论他是什么人，你都可以根据无情的法律，照你自己的解释给他应得的严刑；即使他是我的儿子，你也可以照样控诉他。

勃拉班修 感谢殿下。罪人就在这儿，就是这个摩尔人。好像是您因重要的公事而召他来的。

公爵、众元老 那我们真是抱歉得很。

公　爵 【向奥瑟罗】你自己对于这件事有什么话要说？

勃拉班修 没有。事情就是这样。

奥瑟罗 威严无比、德高望重的各位大人，我的尊贵贤良的主人们，我把这位老人家的女儿带走了，这是完全真实的；我已经和她结了婚，这也是真的。我的最大的罪状仅止于此，别的就不是我所知道的了。我的言语是粗鲁的，一点不懂得那些温文尔雅的辞令；因为自从我这双手臂长足了七年的膂力以后，直到最近这无所事事的九个月以前，它们一直都在战场上发挥它们的本领。对于这一个广大的世界，我除了冲锋陷阵以外，几乎一无所知，所以我也不能用什么动人的字句替我自己辩护。可是你们要是愿意耐心听我说下去，我可以向你们讲述一段质朴无文的、关于我的恋爱的全部经过的故事；告诉你们我用什么药物、什么符咒、什么驱神役鬼的手段、什么神奇玄妙的魔法，骗到了他的女儿，因为这是他所控诉我的罪名。

勃拉班修 一个素来胆小的女孩子，她的生性是那么幽娴贞静，甚至于心里略为动了一点感情，就会满脸羞愧。像她这样的性格，像她这样的年龄，竟不顾本性、年龄、国家、名誉，不顾一切地去跟一个她不敢正眼瞧看的人发生恋爱！倘若没有阴谋诡计，怎么会发生这种事情？我断定他一定曾经用烈性的药饵或是邪术炼成的毒剂麻醉了她的血液。

公　爵 没有更确切的证据，单单凭着这些表面上的猜测和莫须有的武断，是不能使人信服的。

元老甲 奥瑟罗，你说，你有没有用不正当的诡计诱惑这一位年轻的女郎，或是用强暴的手段逼迫她服从你；还是正大光明地对她吐诉衷情，达到你求爱的目的？

奥瑟罗 请你们差一个人叫这位小姐到市政厅来，让她当着她父亲的面告诉你们我是怎样的一个人。要是你们根据她的报告，认为我是有罪的，你们不但可以收回你们对我的信任，解除你们给我的职权，并且可以给我判处死刑。

公　爵　去把苔丝狄蒙娜带来。

奥瑟罗　旗官，你领他们去；你知道她在什么地方。**【伊阿古及吏役等下】**在她来之前，我要像对天忏悔我的罪恶一样，把我怎样得到这位美人的爱情和她怎样得到我的爱情的经过情形，忠实地向各位陈诉。

公　爵　说吧，奥瑟罗。

奥瑟罗　她的父亲很看重我，常常请我到他家里去。每次谈话的时候，总是问起我经历过的事，要我讲述我所经历的各次战争、围城和意外的遭遇。我就把我的事迹，从我的童年时代起，直到他叫我讲述的时候为止，原原本本地说了出来。我提到了最可怕的灾祸，海上、陆上惊人的奇遇，间不容发的脱险，在傲慢的敌人手中被俘为奴和遇赎脱身的经过，以及旅途中的种种见闻。那些广大的岩窟、荒凉的沙漠，突兀的崖嶂，巍峨的峰岭，以及彼此相食的野蛮部落，和肩生头下的化外异民。苔丝狄蒙娜对于这种故事，总是出神倾听；有时为了家庭中的事务，她不得不离座而起，可是她总是尽力把事情赶紧办好，再回来用心地把我所讲的每一个字都听进去。我看出了这点，一天在一个适当的时间，我从她的嘴里逗出了她的真诚的心愿：她希望我能够把我一生的经历，对她做一次详细的复述，因为她平日所听到的，只是残缺不全的片段。我答应了她的要求。当我讲到我在少年时代所遭逢的不幸的打击的时候，她往往忍不住掉下泪来。我的故事讲完以后，她予我一声声的叹息。她发誓，那是非常奇异而悲惨的；她希望她没有听到这段故事，可是又希望上天为她造下这样一个男子。她向我道谢，对我说，要是我有一个朋友爱上了她，我只要教他怎样讲述我的故事，就可以得到她的爱情。我听了这一个暗示，才向她吐露了我求婚的诚意。她为了我所经历的种种患难而爱我，我为了她对我所抱的同情而爱她。这就是我的唯一的妖术。她来了，让她为我证明吧。

❖苔丝狄蒙娜、伊阿古及吏役等上

公　爵　像这样的故事，我想我的女儿听了也会着迷的。勃拉班修，木已成舟，不必懊恼了。刀剑虽破，比起手无寸铁来，总是略胜一筹。

勃拉班修　请殿下听她说；要是她承认她本来也有爱慕他的意思，我以后绝不怪罪于他。过来，好姑娘，你看这在座的众人之间，谁是你所最应该服从的？

苔丝狄蒙娜　我尊贵的父亲，我在这里所看到的，是我两方面的义务：对您说起来，我深荷您的生养教育的大恩，您给我的教养使我明白我应该怎样敬重您；您是我的家长和严君，我直到现在都是您的女儿。可是这儿是我的丈夫，正像我的母亲对您恪尽一个妻子的义务、把您看得比她的父亲更重一样，我也应该有权利向这位摩尔人，我的夫主，尽我应尽的本分。

勃拉班修 上帝和你同在！我没有话说了。殿下，请您继续处理国家的要务吧。我宁愿抚养一个义子，也不愿自己生男育女。过来，摩尔人。我现在用我的全部诚心，把她给了你，倘不是你早已得到了她，我一定再也不会让她到你手里。这都是为了你，宝贝。我很高兴我没有别的儿女，否则你的私奔将要使我变成一个虐待儿女的暴君，替他们的手脚加上镣铐。我没有话说了，殿下。

公　爵 让我设身处地地说几句话给你听听，也许这可以帮助这一对恋人，使他们能够得到你的欢心。

眼看希望幻灭，厄运临头，
无可挽回，何必满腹牢骚？
为了过去的灾祸而痛苦，
徒然招惹出更多的灾祸。
既不能和命运争强斗胜，
不如付之一笑，安心耐忍。
聪明人遭盗窃毫不介意，
痛哭流涕反而伤害自己。

勃拉班修 让敌人夺去我们的海岛，
我们同样可以付之一笑。
那感激法官仁慈的囚犯，
他可以忘却刑罚的苦难；
倘然他怨恨那判决太重，
他就要忍受加倍的惨痛。
种种譬解虽能给人慰藉，
它们也会格外添人悲戚；
可是空言毕竟无补实际，
几曾有好听话刺透心底？
请殿下继续进行原来的公事吧。

公　爵 土耳其人正在向塞浦路斯大举进犯。奥瑟罗，那岛上的实力你是知道得十分清楚的。虽然我们派在那边代理总督职务的，是一个公认很有能力的人，可是大家都觉得由你去负责镇守，才可以万无一失。所以说只得打扰你洞房花烛的良辰，辛苦你去跑这一趟了。

奥瑟罗 各位尊贵的元老们，习惯的暴力已经使我把冷酷无情的战场当作我的温软的眠床，对于艰难困苦，我总是挺身而赴。我愿意接受你们的命令，去和土耳其人作战。可是我要请求你们，给我的妻子一个适当的安置，依照她的身份，供给她一切日常的必需品。

公　爵　你要是同意的话，可以让她住在她父亲的家里。

勃拉班修　我不愿意容留她。

奥瑟罗　我也不能同意。

苔丝狄蒙娜　我也不愿住在父亲的家里，让他每天看见我生气。最仁慈的公爵，愿您俯听我的陈请，让我的卑微的衷忱得到您的谅解和赞许。

公　爵　你有什么请求，苔丝狄蒙娜？

苔丝狄蒙娜　我的大胆的行动可以代我向世人宣告，我因为爱这摩尔人，所以愿意和他共同生活。我的心灵完全为他的高贵的德行所征服。在他的心里，我看见了他的奇伟的仪表。我已经把我的灵魂和命运一起呈献给他了。所以，各位大人，要是他一个人迢迢出征，把我遗留在和平的后方，让我像一只醉生梦死的蜉蝣一样，我将会因为不能朝夕侍奉他，而在镂心刻骨的离情别绪中度日如年了。让我跟他去吧。

奥瑟罗 请你们答应了她吧。上天为我作证，我向你们这样请求，并不是为了满足我自己的欲望，因为青春的热情在我这里就已成过去了；我的唯一的动机，只是不忍使她失望。请你们千万不要抱着那样的思想，以为她跟我在一起，会使我懈怠了你们所托付给我的重大的使命。不，要是插翅的爱神的风流解数，可以蒙蔽了我的灵明的理智，使我因为贪恋欢愉而误了正事，那么就让主妇们把我的战盔当作水罐，让一切的污名都丛集于我的一身吧！

公　爵 她的去留行止，可以由你们自己去决定。事情很是紧急，你必须立刻出发。

元老甲 今天晚上你就得动身。

奥瑟罗 很好。

公　爵 明天早上九点钟，我们还要在这儿聚会一次。奥瑟罗，请你留下一个将佐在这儿，要是我们随后还有什么决定，可以叫他把我们的训令传达给你。

奥瑟罗 殿下，我的旗官是一个很合适的人选，他的为人是忠实而可靠的；我还要请他负责护送我的妻子。要是此外还有什么必须寄给我的物件，也请殿下一起交给他。

公　爵　很好。各位晚安！【向勃拉班修】尊贵的先生，倘若以才德取人，不凭容貌，你这位贤东床难道比不上翩翩少年？

元老甲　再会，勇敢的摩尔人！好好看顾苔丝狄蒙娜。

勃拉班修　留心看好她，摩尔人，不要视而不见；她已经愚弄了她的父亲，她也会把你欺骗。

❖公爵、众元老、吏役等同下

奥瑟罗　我用生命保证她的忠诚！正直的伊阿古，我必须把我的苔丝狄蒙娜托付给你，请你叫你的妻子当心照料她。看你什么时候方便，就什么时候护送她们起程。来，苔丝狄蒙娜，时间有限，我只有一小时的工夫和你诉说衷情，处理杂事了。

❖奥瑟罗、苔丝狄蒙娜同下

洛特利哥　伊阿古！

伊阿古　你怎么说，好人儿？

洛特利哥　你想我该怎么办？

伊阿古　上床睡觉去吧。

洛特利哥 我立刻就投水去。

伊阿古 好，要是你投了水，我从此不喜欢你了。嘿，你这傻大少爷！

洛特利哥 活着要是像这样受苦，傻瓜才愿意活下去；一死可以了却烦恼，还是死了的好。

伊阿古 啊，该死！我在这世上也经历过四七二十八个年头了，自从我能够辨别利害以来，我从来不曾看见过什么人知道怎样爱惜他自己。要是我也会为了爱上一个雌儿而投水自杀，我宁愿变成一只猴子。

洛特利哥 我该怎么办？我承认这样痴心是一件丢脸的事，可是我没有力量把它补救过来呀。

伊阿古 力量！废话！我们要这样那样，只有靠我们自己。我们的身体就像一座园圃，我们的意志是这园圃里的园丁。不论我们插荨麻、种莴苣、栽下牛膝草、拔起百里香，或者单独培植一种草木，或者把全园种得万卉纷披，让它荒废不治也好，把它辛勤耕垦也好，一切都听凭我们的意志来安排。要是在我们的生命之中，理智和情欲不能保持平衡，我们血肉的邪心就会让我们迎来一个荒唐的结局。可是我们有的是理智，它可以冲淡我们汹涌的热情，肉体的刺激和奔放的淫欲。我认为你所称为“爱情”的，也不过是那样一种东西。

洛特利哥 不，那不是。

伊阿古 那不过是在意志的默许之下发生的一阵情欲的冲动而已。拿出点男子汉的气概来！投水自杀！捉几只大猫小狗投在水里吧！我曾经声明我是你的朋友，我承认我对你的友谊是用不可摧折的、坚韧的缆索联结起来的。现在正是我应该为你出力的时候。把银钱放在你的钱袋里，跟他们出征去；装上一脸假胡子，遮住你的本来面目——我说，把银钱放在你的钱袋里。苔丝狄蒙娜爱那摩尔人绝不会长久——把银钱放在你的钱袋里——他也不会长久爱她。她一开始就爱他爱得这样热烈，他们的感情说不定一下子就破裂了——你只要把银钱放在你的钱袋里。这些摩尔人很容易变心——把你的钱袋装满了钱——现在他吃上去像蝗虫一样美味的食物，不久便要变得像苦果一样涩口了。她必须换一个年轻的男子。当她餍足了他的肉体以后，她才会发现她挑错人了。她必须换换口味，她必须——所以把银钱放在你的钱袋里。要是你一定要寻死，也得想一个比投水巧妙一点的死法。尽你的力量搜刮一些钱。凭着我的计谋和魔鬼们的奸诈，破坏这一个鲁莽的蛮子和这一个狡猾的威尼斯女人之间的脆弱的盟誓，这还不算是一件难事。你一定可以得到她——所以快去设法弄些钱来吧。投水自杀！什么话！那根本就不用提。你宁可因为追求你的快乐而被人吊死，也不会在一亲她的香泽以前投水自杀。

洛特利哥 要是我期待着这样的结果，你一定会尽力帮助我满足我的愿望吗？

伊阿古 你完全可以信任我。去，弄一些钱来。我常常对你说，一次一次反复告诉你，我恨那摩尔人。我的怨毒蓄积在心头，你也对他抱着同样深刻的仇恨。让我们同心合力向他复仇。要是你能够替他戴上一顶绿帽子，你固然是如愿以偿，我也可以拍掌称快。无数人事的变化孕育在时间的胚胎里，我们等着看吧。去，预备好你的钱。我们明天再谈这件事情。再见。

洛特利哥 明天早上我们在什么地方会面？

伊阿古 就在我的寓所里吧。

洛特利哥 我一早就来看你。

伊阿古 好，再会。你听见吗，洛特利哥？

洛特利哥 你说什么？

伊阿古 别再提起投水的话了，你听见没有？

洛特利哥 我已经变了一个人了。我要去把我的田地都变卖了。

伊阿古 好，再会！多放一些钱在你的钱袋里。**【洛特利哥下】**我总是这样让这种傻瓜掏出钱来给我花用。倘不是为了替自己解解闷气，打算捞些好处，我才不会浪费时间跟这样一个凯子①周旋。我恨那摩尔人。有人以为他和我的妻子私通，我不知道这句话是真是假。可是在这种事情上，即使是嫌疑，我也要把它当作确有其事一样看待。

---

① 凯子：指被女人骗了钱又没讨到好处的男人。

他对我很有好感，这样可以使我在对他实行我的计策的时候格外方便一些。凯西奥是一个俊美的男子，让我想想看，夺到他的位置，实现我的一举两得的阴谋。怎么办？怎么办？让我看看：等过了一些时候，在奥瑟罗的耳边捏造一些鬼话，说他跟他的妻子看上去太亲热了。他长得漂亮，性情又温和，天生有一种媚惑妇人的魔力，像他这种人是很容易引起疑心的。那摩尔人是一个坦白爽直的人，他看见人家在表面上装出一副忠厚诚实的样子，就以为人家一定是个好人。我可以把他像一头驴子一般牵着鼻子跑。有了！我的计策已经产生。地狱和黑夜酝酿成这空前的罪恶，它必须向世界显露它的面目。

❖下

第 二 幕

第一场

塞浦路斯岛海口一市镇　码头附近的广场

❖蒙泰诺及二军官上

蒙泰诺　你从那海岬上望出去，看见海里有什么船只没有？

军官甲　一点望不见。波浪很高，在海天之间，我看不见一片船帆。

蒙泰诺　风在陆地上吹得也很厉害，从来不曾有这么大的暴风打击过我们的雉堞。要是它在海上也这么猖狂，哪一艘橡树造成的船身支持得住山一样的巨涛迎头倒下？我们将要从这场风暴中听到什么消息呢？

军官乙　土耳其的舰队一定要被风浪冲散了。你只要站在白沫飞溅的海岸上，就可以看见咆哮的汹涛直冲云霄，被狂风卷起的怒浪奔腾山立，好像要把海水浇向光明的大熊星上，熄灭那照耀北极的亘古不移的斗宿一样。我从来没有见过这样可怕的惊涛骇浪。

蒙泰诺 要是土耳其舰队没有避进港里，它们一定沉没了；这样的风浪是抵御不了的。

❖另一军官上

军官丙 报告！咱们的战事已经结束了。土耳其人遭受这场风暴的突击，不得不放弃他们进攻的计划。一艘从威尼斯来的大船在路上看见他们的船只或沉或破，大部分零落不堪。

蒙泰诺 啊！这是真的吗？

军官丙 这一只船已经在这儿进港了，船名是“维洛尼萨号”；迈克尔·凯西奥，那勇武的摩尔人奥瑟罗的副将，已经上岸来了；那摩尔人自己还在海上。他是全权受命，到塞浦路斯这儿来的。

蒙泰诺 我很高兴，这是一位很有才能的总督。

军官丙 可是这个凯西奥说起土耳其的损失，兴高采烈的同时却满脸愁容，祈祷着上天保佑那摩尔人的安全，因为他们是在险恶的大风浪中失散的。

蒙泰诺 但愿他平安无恙；因为我曾经在他手下做过事，知道他在治军用兵这方面的确是一个大将之才。来，让我们到海边去！一方面看看新到的船舶，一方面遥望海天相接的远处，盼候着勇敢的奥瑟罗。

军官丙 来，我们去吧；因为每一分钟都会有更多的人到来。

❖凯西奥上

凯西奥 谢谢，你们这座英勇的岛上的各位壮士，承蒙各位褒奖我们的主帅。啊！但愿上天帮助他战胜风浪，因为我是在险恶的波涛之中和他失散的。

蒙泰诺 他的船靠得住吗？

凯西奥 船身很是坚固，舵师是一个很有经验的人，所以我还抱着很大的希望。

【内呼声：“一只船！一只船！一只船！”】

❖一使者上

凯西奥　什么声音?

使　者　全市的人都出来了，海边站满了人，他们在嚷："一只船！一只船！"

凯西奥　我希望那就是我们新到任的总督。【炮声】

军官乙　他们在放礼炮了。即使不是总督，至少也是我们的朋友。

凯西奥　先生，请你去看一看，回来告诉我们究竟是什么人来了。

军官乙　我就去。

❖下

蒙泰诺　可是，副将，你们主帅有没有结过婚?

凯西奥　他的婚姻是再幸福不过的。他娶到了一位女郎，她的美貌才德，胜过一切的形容和崇高的名誉；笔墨不能诉尽她的美好，没有一句适当的言语可以充分表达出她的天生丽质。

❖军官乙重上

凯西奥　啊！谁来了?

军官乙　是元帅麾下的旗官伊阿古。

凯西奥　他倒一帆风顺地到了。汹涌的怒涛，咆哮的狂风，埋伏在海底的礁石沙碛，似乎也懂得爱惜美人，收敛了它们凶恶的本性，让神圣的苔丝狄蒙娜安然通过。

蒙泰诺 她是谁？

凯西奥 就是我刚才说起的，我们大帅的“主帅”。勇敢的伊阿古护送她到这儿来。想不到他们路上走得这么快，比我们的预期还早七天。伟大的乔武①啊，保佑奥瑟罗，在他的船帆上大力地吹一口气，让他的高大的桅樯在这海港里显现它的雄姿，让他跳动着一颗恋人的心投进苔丝狄蒙娜的怀里，重新燃起我们奄奄欲绝的精神，使整个塞浦路斯得到安慰！

❖苔丝狄蒙娜、爱米利娅、伊阿古、洛特利哥及侍从等上

凯西奥 啊！瞧，船上的珍宝到岸上来了。塞浦路斯人啊，向她下跪吧。祝福你，夫人！愿神灵在你身边呵护你。

苔丝狄蒙娜 谢谢您，英勇的凯西奥。我的丈夫有什么消息吗？

---

① 乔武：古希腊罗马神话中的众神之王朱庇特。

凯西奥 他还没有到来。我只知道他是平安的，大概不久就会到来。

苔丝狄蒙娜 啊！可是我怕——你们怎么会分散的？

凯西奥 天风和海水的猛烈的激战，使我们彼此失散。可是听！有船来了。【内呼声：“一只船！一只船！”炮声】

军官乙 他们向我们城上放礼炮了，来的也是我们的朋友。

凯西奥 你去探看探看。【军官乙下，向伊阿古】老总，欢迎！【向爱米利娅】欢迎，嫂子！请你不要恼怒，好伊阿古，我总要讲个礼貌，按照我的教养，就得行这样一个放肆的见面礼。【吻爱米利娅】

伊阿古 老兄，要是她向你掀动她的嘴唇，也像她向我掀动她的舌头一样，那你就要叫苦不迭了。

苔丝狄蒙娜 唉！她又不会多嘴。

伊阿古 真的，她太会多嘴了；每次我想睡觉的时候，总是被她吵得不得安宁。不过，在夫人你的面前，我还要说一句，她有些话是放在心里说的。人家瞧她不开口，她却在心里骂人。

爱米利娅 你没有理由这样冤枉我。

伊阿古 得啦，得啦，你们跑出门来像图画，走进房去像响铃，到了灶下像野猫；设计害人的时候，面子上装得像个圣徒，人家冒犯了你们，你们便活像夜叉；叫你们管家，你们只会一味胡闹，一上床却又十足像个幽娴贞静的主妇。

苔丝狄蒙娜 啊，啐！你这乱造谣言的家伙！

伊阿古 不，我说的话千真万确，你们起床就玩，上床才工作。

爱米利娅 我再也不要你写赞美我的诗句了。

伊阿古 对，最好不要叫我写。

苔丝狄蒙娜 要是叫你赞美我，你要怎么写呢？

伊阿古 啊，好夫人，别叫我做这件事，因为我是要吹毛求疵的。

苔丝狄蒙娜 来，试试看。有人到港口去了吗？

伊阿古 是，夫人。

苔丝狄蒙娜 我虽然心里愁闷，姑且强作欢容。来，你要怎么赞美我？

伊阿古 我正在想着呢；可是我的诗情粘在我的脑

壳里，用力一挤就会把脑浆一起挤出的。我的诗神难产了——有了——孩子生出来了：她要是既漂亮又智慧，就不会有人误用她的娇美。

苔丝狄蒙娜 赞美得好！要是她黑丑却聪明呢？

伊阿古 她要是虽黑丑却聪明，包她找到一位俊郎君。

苔丝狄蒙娜 不像话。

爱米利娅 要是美貌而愚笨呢？

伊阿古 美女绝不是笨冬瓜，蠢煞也会抱个小娃娃。

苔丝狄蒙娜 这些都是在酒店里骗傻瓜们笑笑的古老的歪诗。还有一种又丑又笨的女人，你也能够勉强赞美她两句吗？

伊阿古 别嫌她心肠笨相貌丑，女人的戏法一样拿手。

苔丝狄蒙娜 啊，岂有此理！你把最好的赞美给了最坏的女人。可是对于一个贤惠的女人——连十足的坏蛋也得赞美的好女人——你又怎么赞美她呢？

伊阿古 她生得美，却不骄傲，

能说会道，并不吵闹；
有的是钱，但不妖娆；
心想事成，却不强要；
受了恶气，想把仇报，
自动平息，打消烦恼；
明白事理，端庄老到，
嫁个傻瓜，不找相好；
脑筋灵活，嘴巴很牢，
有人盯梢，也不卖俏；
要是有这样的小娇娘——

苔丝狄蒙娜 要她干什么呢？

伊阿古 奶傻孩子，记油盐账。

苔丝狄蒙娜 啊，这可真是最蹩脚、最没劲的收尾！爱米利娅，不要听他的话，虽然他是你的丈夫。你怎么说，凯西奥？他难道不是一个粗俗的、胡说八道的家伙吗？

凯西奥 他说得很直截，夫人。您要是把他当作一个军人，不把他当作一个文士，您就不会嫌他出言粗俗了。

伊阿古 【旁白】他捏着她的手心。嗯，交头接耳，好得很。我只要张起这么一个小小的网，就可以捉住像凯西奥这样的一只大苍蝇。嗯，对她微笑，很好；我要叫你跌翻在你自己的礼貌中间——您说得对，正是正是——要是这种鬼殷勤会葬送你的前程，你还是不要老是吻着你的三个指头，表示你的绅士风度吧。很好，吻得不错！绝妙的礼貌！正是正是。又把你的手指放到你的嘴唇上去了吗？**【喇叭声】**主帅来了！我听得出他的喇叭声音。

凯西奥 真的是他。

苔丝狄蒙娜 让我们去迎接他。

凯西奥 瞧！他来了。

❖奥瑟罗及侍从等上

奥瑟罗 啊，我的娇美的战士！

苔丝狄蒙娜 我的亲爱的奥瑟罗！

奥瑟罗 看见你比我先到这里，真使我又惊又喜。啊，我心爱的人！要是每一次暴风雨之后，都有这样和煦的阳光，那么尽管让狂风肆意地吹，把死亡都吹醒了吧！让那费力前行的船舶爬上一座座如山的高浪，就像从高高的天上堕下幽深的地狱一般，一泻千丈地跌落下来吧！要是我现在死去，那才是最幸福的；因为我恐怕我的灵魂已经尝到了无上的欢乐，此生此世，再也不会有同样令人欣喜的事情了。

苔丝狄蒙娜 但愿上天眷顾，让我们的爱情和欢乐与日俱增！

奥瑟罗 阿门，慈悲的神明！我不能充分表达我心头的快乐，太多的欢喜窒住了我的呼吸。**【吻苔丝狄蒙娜】**一个吻——再来一个——这便是两颗心间最大的冲突了。

伊阿古 **【旁白】**啊，你们现在是琴瑟调和，看我不动声色，叫你们弦断柱裂。

奥瑟罗 来，让我们到城堡里去。好消息，朋友们，我们的战事已经结束，土耳其人全都溺死了。我的岛上的旧友，你近来可好？亲爱的，你在塞浦路斯将要受到众人的宠爱，我觉得他们都是非常热情的。啊，亲爱的，我自己太高兴了，所以会说出这样忘形的话来。好伊阿古，请你到港口去一趟，把我的箱子搬到岸上。带那船长到城堡里来；他是一个很好的家伙，他的才能非常叫人钦佩。来，苔丝狄蒙娜，我们又在塞浦路斯岛团圆了。

❖除伊阿古、洛特利哥外均下

伊阿古 你马上就到港口来会我。过来。人家说，爱情可以刺激懦夫，使他鼓起本来所没有的勇气；要是你真的有胆量，请听我说。副将今晚在卫舍守夜。首先，我必须告诉你，很显然，苔丝狄蒙娜爱上了他。

洛特利哥 爱上了他！那是不会有的事。

伊阿古 闭上你的嘴，好好听我说。你看她当初不过因为这摩尔人向她吹了些法螺，撒下了一些漫天的大谎，她就爱得他那么热烈。难道她只是为了他吹牛的本领而继续爱他吗？你是个聪明人，不要以为世上会有这样的事。她的视觉必须得到满足，她能够从魔鬼脸上感到什么佳趣？两个人在一阵兴奋过了以后而渐生厌倦的时候，必须换一换新鲜的口味，方才可以把情欲重新刺激起来，或者是漂亮的容貌，或者是相称的年龄，或者是风雅的举止，这些都是这摩尔人所欠缺的。因为这些必要的条件都不能满足，她一定会觉得她的青春娇艳所托非人，而开始对这摩尔人由失望而憎恨，由憎恨而厌恶，她的天性就会迫令她再作第二次的选择。这种情形是很自然而可能的；要是承认了这一点，试问哪一个人比凯西奥更有机会享受这一种福分？一个很会讲话的家伙，为了达到他的秘密的淫邪的欲望，他会恬不为意地装出一副殷勤文雅的样子。哼，谁也比不上他；一个狡猾阴险的家伙，惯会乘机取利，无孔不入，一个鬼一样的家伙！而且，这家伙又英俊，又年轻，凡是可以使无知妇女醉心的条件，他无一不备。这个害人不浅的家伙！这女人已经把他勾上了。

洛特利哥 我不相信。她是一位圣洁的女郎。

伊阿古 她的圣洁？她喝的酒也是用葡萄酿成的。她要是圣洁，她就不会爱这摩尔人了。哼，圣洁！你没看见她捏弄他的手心吗？你没看见吗？

洛特利哥 是的，我看见了；可是那不过是礼貌罢了。

伊阿古 我举手发誓，这明明是奸淫！这一段意味深长的楔子，就包括无限淫情欲念的交流。他们的嘴唇那么贴近，他们的呼吸简直互相交缠在一起了。真是下流，洛特利哥！这种表面上的亲热一开了端，主要的好戏就会跟着上场，肉体的结合是必然的结论。呸！可是，老兄，你听我说。我特意把你从威尼斯带来，今晚你代我值班守夜。凯西奥是不认识你的。我就在离你不远的地方看着你。你见了凯西奥就找一些借口向他挑衅，或者高声辱骂，或者毁谤他的军誉，或者随你的意思采取行动。

洛特利哥 好。

伊阿古 他是个性情暴躁，易于发怒的人，也许会向你动武；即使他不动武，你也要惹怒他，让他和你打起架来；因为借着这一个理由，我就可以在塞浦路斯人中间煽起一场暴动。假如要平息他们的愤怒，除了解除凯西奥的职位以外没有其他方法。这样你就可以在我的设计协助之下，早日达到你的愿望。你的阻碍也可以从此除去，否则我们的事情是绝无成功之望的。

洛特利哥 要是我能够找到下手的机会，我愿意这样干。

伊阿古 那我可以向你保证。等会儿在城门口见我。我现在必须去替他把行李搬上岸来。再会。

洛特利哥 再会。

❖下

伊阿古 凯西奥爱她，这一点我是可以充分肯定的；她爱凯西奥，这也是一件很自然而可能的事。这摩尔人我虽然气他不过，却有坚定、仁爱、正直的性格；我相信他会做苔丝狄蒙娜最体贴的丈夫。讲到我自己，我也是爱她的，但这并不完全出于情欲的冲动——虽然我也许犯着这样的罪名——可是一半是为了报仇雪恨，因为我怀疑这好色的摩尔人夺去了我在她心头的地位。这一种思想像毒药一样腐蚀我的肝肠，除非在他身上发泄这一口怨气，什么都不能使我心满意足。他夺去我的人，我也叫他有了妻子享受不成；即使不能做到这一点，我也要叫这摩尔人心里长起根深蒂固的嫉妒来，没有一种理智的药饵可以治疗它。为了达到这一个目的，我已经利用这威尼斯的瘟神做我的鹰犬；要是他听我的唆使，我就可以抓住我们那位迈克尔·凯西奥的把柄，在这摩尔人面前诋毁他——因为我疑心凯西奥跟我的妻子也是有些暧昧的。这样我可以让这摩尔人感谢我、喜欢我、报答我，因为我叫他做了一头大大的驴子，用诡计捣乱他的平和安宁，使他因气愤而发疯。方针已经制定，前途未可预料；恶人的面目必须到惨局降临时才会揭晓。

❖下

第二场

街道

❖传令官持告示上，民众随后

传令官 我们尊贵英勇的元帅奥瑟罗有令，根据最近接到的消息，土耳其舰队已经全军覆没，全体军民听到这一个捷报，理应同申庆祝：跳舞的跳舞，燃放焰火的燃放焰火，每一个人都可以尽情欢乐；因为除了这些可喜的消息以外，我们同时还要祝贺我们元帅的新婚。帅府中一切门禁完全撤除，从下午五时起，直到深夜十一时，无论何人，可以自由出入，饮酒宴乐。上天祝福塞浦路斯岛和我们尊贵的元帅奥瑟罗！

❖同下

第三场

城堡中的厅堂

❖奥瑟罗、苔丝狄蒙娜、凯西奥及侍从等上

奥瑟罗 好迈克尔，今天请你留心警备；我们必须随时注意，免得因为纵乐无度而造成意外。

凯西奥 我已经告诉伊阿古怎样办了，我自己也要亲自督察照看。

奥瑟罗 伊阿古是个忠实可靠的汉子。迈克尔，晚安；明天你一早就来见我。【向苔丝狄蒙娜】来，我的爱人，我们已经把彼此心身互相交换，愿今后花开结果，爱情美满。晚安！

❖奥瑟罗、苔丝狄蒙娜及侍从等下

❖伊阿古上

凯西奥 欢迎，伊阿古；我们该守夜去了。

伊阿古 时间还早哪，副将；现在还不到十点钟。咱们主帅因为舍不得他的新夫人，所以这么早就打发我们出去；可是我们也怪不得他，他还没有跟她真个销魂，就是天神见了她也要动心的。

凯西奥 她是一位娇美动人的佳人。

伊阿古 我可以担保她也是一个非常风流的人儿。

凯西奥 她的确是一个娇艳可爱的女郎。

伊阿古 她的眼睛多么迷人！简直像会说话似的在勾引人呢。

凯西奥 一双动人的眼睛，可是它们却有一种端庄贞静的神气。

伊阿古 她说话的时候，不就是拉响了爱情的警报吗？

凯西奥 她真是十全十美。

伊阿古 好，愿他们在被窝里快乐！来，副将，我还有一瓶酒；外面有两个塞浦路斯的绅士，要想为黑将军祝饮一杯。

凯西奥 今夜可不能奉陪了，好伊阿古。我一喝了酒，头脑就会糊涂起来。我希望有人能够在宾客欢会的时候，用另外一种方法招待他们。

伊阿古 啊，他们都是我们的朋友；喝一杯吧，我也可以代你喝。

凯西奥 我今晚只喝了一杯，就是那一杯也被我偷偷地冲了些水，可是我的头已经有点儿昏啦。我知道自己的弱点，实在不敢再多喝了。

伊阿古 哎哟，朋友！这是一个狂欢的良夜，不要扫了绅士们的兴致。

凯西奥 他们在什么地方？

伊阿古 就在这门外，请你去叫他们进来吧。

凯西奥 去就去吧，可是我心里是不愿意的。

❖下

伊阿古 他今晚已经喝过了一些酒，我只要再灌他一杯下去，他就会像小狗一样到处招惹是非。我们那位为情憔悴的傻瓜洛特利哥今晚为了苔丝狄蒙娜也喝了几大杯的酒，我已经派他守夜了。还有三个心性高傲、重视荣誉的塞浦路斯少年，都是这座尚武的岛上的优秀人物，我也把他们灌得醺醺大醉；他们今晚也是要守夜的。在这一群醉汉中间，我要叫我们这位凯西奥干出一些可以激起这岛上公愤的事来。可是他们来了。

❖凯西奥率蒙泰诺及绅士等重上，众仆持

酒后随

凯西奥 上帝可以作证，他们已经灌了我一满杯啦。

蒙泰诺 真的，只是小小的一杯，顶多也不过一品脱①的分量；我是一个军人，从来不会说谎的。

伊阿古 喂，酒来！【唱】

一瓶一瓶复一瓶，

饮酒击瓶叮当鸣。

我为军人岂无情，

人命倏忽如烟云，

聊持杯酒遣浮生。

孩子们，酒来！

凯西奥 好一支歌儿！

伊阿古 这一支歌是我在英国学来的。英国人的酒量才厉害呢，什么丹麦人、德国人、大肚子的荷兰人——酒来！——比起英国人来都不算什么。

凯西奥 英国人真的这么会喝酒吗？

伊阿古 嘿，他会不动声色地把丹麦人灌得烂醉如泥，面不流汗地把德国人灌得不省人事，还没有倒

---

① 一品脱：约合 0.56 升。凯西奥喝了约 1 斤酒。

满下一杯，那荷兰人已经呕吐狼藉了。

凯西奥 祝我们的主帅健康！

蒙泰诺 赞成，副将，您喝我也喝。

伊阿古 啊，可爱的英格兰！喂，酒来！

凯西奥 好，上帝在我们头上，有的灵魂必须得救，有的灵魂就不能得救。

伊阿古 对了，副将。

凯西奥 讲到我自己——我并没有冒犯我们主帅或是哪一位大人物的意思——我是希望能够得救的。

伊阿古 我也这样希望，副将。

凯西奥 嗯，可是，对不起，你不能比我先得救。副将得救了，然后才是旗官得救。咱们别提这种话啦，还是去干我们的事吧。上帝赦免我们的罪恶！各位先生，我们不要忘记了我们的事情。不要以为我是醉了，各位先生。这是我的旗官；这是我的右手，这是我的左手。我现在并没有醉；我站得很稳，我说话也很清楚。

伊阿古 非常清楚。

凯西奥 那么很好，你们可不要以为我醉了。

❖下

蒙泰诺 各位朋友，来，我们到露台上守望去。

伊阿古 你们看刚才出去的这一个人。讲到指挥三军的才能，他可以和恺撒争一日之雄；可是你们瞧他这一副酗酒的样子，它正好和他的长处互相抵消。我真为他可惜！我怕奥瑟罗对他如此信任，也许有一天会被他误了大事，使全岛大受震动的。

蒙泰诺 可是他常常是这样的吗？

伊阿古 他喝醉了酒总是要睡觉；要是没有酒替他催眠，他可以一昼夜打起精神不睡。

蒙泰诺 这种情形应该向元帅提起。也许他没有觉察，也许他秉性仁恕，因为看重凯西奥的才能而忽略了他的短处。这句话对不对？

❖洛特利哥上

伊阿古 【向洛特利哥旁白】怎么，洛特利哥！你快追上那副将吧，去。

❖洛特利哥下

蒙泰诺 这高贵的摩尔人竟会让一个染上这种恶癖的人做他的辅佐。这真是一件令人抱憾的事。谁能够老实地对他这样说，谁才是一个正直的汉子。

伊阿古 即使把这一座大好的岛送给我，我也不愿意说。我很爱凯西奥，要是有办法，我愿意尽力帮助他除去这一种恶癖。可是听！什么声音？

【内呼声："救命！救命！"】

❖凯西奥驱赶洛特利哥重上

凯西奥 浑蛋！狗贼！

蒙泰诺 什么事，副将？

凯西奥 一个浑蛋也敢教训起我来！我要把这浑蛋打进一只瓶子里去。

洛特利哥 打我！

凯西奥 你还要多嘴吗，狗贼？**【打洛特利哥】**

蒙泰诺 **【拉凯西奥】** 不，副将，请您住手。

凯西奥 放开我，先生，否则我要一拳打到你的头上来了。

蒙泰诺 得啦，得啦，你醉了。

凯西奥 醉了！**【与蒙泰诺斗】**

伊阿古 **【向洛特利哥旁白】** 快走！到外边去高声嚷叫，说是出了乱子啦。**【洛特利哥下】** 不，副将！天哪，各位先生！喂，来人！副将！蒙泰诺！帮帮忙，各位朋友！这算是守的什么夜呀！**【钟鸣】** 谁在那儿打钟？该死！全市的人都要起来了。天哪！副将，住手！你的脸从此要丢尽啦。

❖奥瑟罗及侍从等重上

奥瑟罗 这儿出了什么事？

蒙泰诺 他妈的！我的血流个不停，我受了重伤啦。

奥瑟罗 要活命的快住手！

伊阿古 喂，住手，副将！蒙泰诺！各位先生！你们忘记你们的地位和责任了吗？住手！主帅在对你们说话，还不住手！

奥瑟罗 怎么，怎么！为什么闹起来？难道我们都变成野蛮人了吗？上帝不许异教徒攻打我们，我们倒自相残杀起来了吗？为了基督徒的面子，快停止这场粗暴的争吵。谁要是一味怄气，再敢动一动，他就是看轻他自己的灵魂，他一举手我就叫他死。叫他们不要打那可怕的钟，它会扰乱岛上的人心。各位，究竟是怎么一回事？正直的伊阿古，瞧你懊恼得脸色惨淡，告诉我，是谁开始这场争闹的？凭着你的忠心，老实对我说。

伊阿古 我不知道；刚才大家还是好好的朋友，像正在宽衣解带的新夫妇一般相亲相爱，一下子就好像受到什么星光的刺激，迷失了他们的本性似的，拔出剑来，向彼此的胸前直刺过去，拼个你死我活。我说不出这场任性的争吵是怎么开始的。只怪我不曾在光荣的战阵上失去双腿，如果这样，那么我也不会踏进这种是非中间了！

奥瑟罗 迈克尔，你怎么会忘记你自己的身份？

凯西奥 请您原谅我，我没有话可说。

奥瑟罗 尊贵的蒙泰诺，您一向是个温文知礼的人，您的少年端庄为世人所钦佩。在贤人君子之间，您有很好的名声。为什么您会这样自贬身价，牺牲您的宝贵的名誉，让人家说您是个在深更半夜里酗酒闹事的家伙？给我一个回答。

蒙泰诺 尊贵的奥瑟罗，我伤得很厉害，不能多说话。您的部下伊阿古可以告诉您我所知道的一切。其实我也不知道我在今夜说错了什么话或是做错了什么事，除非在被暴力侵凌的时候，自卫是一桩罪恶。

奥瑟罗 苍天在上，我现在可再也遏制不住我的怒气了。我只要动一动，或是举一举这一只手臂，就可以叫你们中间最有本领的人在我的一怒之下丧失生命。让我知道这一场可耻的骚扰是怎么开始的，谁是最初肇起事端来的人。要是让我知道哪一个人是启衅的罪魁，即使他是我的孪生兄弟，我也不能放过他。什么！一个新遭战乱的城市，秩序还没有恢复，人民的心里充满了恐惧，你们却在深更半夜，在全岛治安所系赖的地方为了私人间的细故争吵起来！岂有此理！伊阿古，谁是肇事的人？

蒙泰诺 你要是意存偏袒，或是保护同僚，所说的话和事实不尽符合，你就不是个军人。

伊阿古 不要这样逼我。我宁愿割下自己的舌头，也不愿让它说迈克尔·凯西奥的坏话。可是事已如此，我想说老实话也不算对不起他。是这样的，主帅，蒙泰诺跟我正在谈话，忽然跑进一个人来高呼救命，后面跟着凯西奥，杀气腾腾地提着剑，好像一定要杀死他才甘心似的。那时候这位先生就挺身前去拦住凯西奥，请他息怒。我自己追赶那个叫喊的人，害怕他在外边大惊小怪，扰乱人心。可是他跑得快，我追不上，又听见背后刀剑碰撞和凯西奥高声咒骂的声音，所以就回来了。我从来没有听见他这样骂过人。我本来追得不远，一转身就看见他们在这儿你一刀、我一剑地厮杀得难解难分，正像您亲自来喝开他们的时候一样。我所能报告的就是这几句话。人总是人，圣贤也有犯错误的时候；一个人在愤怒之中，就是好朋友也会翻脸不认。虽然凯西奥给了他一点小小的伤害，可是我相信凯西奥一定在那逃走的家伙手里受了什么奇耻大辱，所以才会起那么大的火性来的。

奥瑟罗 伊阿古，我知道你的忠诚和义气，你轻描淡写地带过此事，替凯西奥减轻他的罪名。凯西奥，你是我的好朋友，可是从此以后，你不是我的部属了。

❖苔丝狄蒙娜率侍从重上

奥瑟罗 瞧！我的温柔的爱人也给你们吵醒了！**【向凯西奥】** 我要把你当做一个榜样。

苔丝狄蒙娜 什么事？

奥瑟罗 现在没事了，爱人；去睡吧。先生，您受的伤我愿意亲自替您医治。把他扶出去。**【侍从扶蒙泰诺下】** 伊阿古，你去巡视市街，安定安定受惊的人心。来，苔丝狄蒙娜；难圆的是军人的好梦，才合眼又被杀声惊动。

❖除伊阿古、凯西奥外均下

伊阿古 什么！副将，你受伤了吗？

凯西奥 嗯，我的伤是无药可救的了。

伊阿古 哎哟，上天保佑没有这样的事！

凯西奥 名誉，名誉，名誉！啊，我的名誉已经一败涂地了！我已经失去我的生命中不死的一部分，留下来的也就跟畜生没有分别了。我的名誉，伊阿古，我的名誉！

伊阿古 我是个老实人，我还以为你受到了什么身体上的伤害，那是比名誉的损失痛苦得多的。名誉是一件无聊的骗人的东西；得到它的人未必有什么功德，失去它的人也未必有什么过失。你的名誉仍旧是好端端的，除非你自己以为它已经扫地了。嘿，朋友，你要恢复主帅对你的欢心，尽有办法呢。你现在不过一时遭逢他的恼怒。他给你的这一种处分，与其说是表示对你的不满，还不如说是遮掩世人耳目的策略，正像有人为了吓退一头凶恶的狮子而故意鞭打他的驯良的猎狗一样。你只要向他恳求恳求，他一定会回心转意的。

凯西奥 我宁愿恳求他唾弃我，也不愿蒙蔽他的聪明，让这样一位贤能的主帅手下有这么一个酗酒放荡的不肖将校。纵饮无度！胡言乱语！吵架！吹牛！赌咒！跟自己的影子说些废话！啊，你这空虚缥缈的旨酒[①]的精灵，要是你还没有一个名字，就让我们叫你魔鬼吧！

伊阿古 你提着剑追逐不舍的那个人是谁？他怎么冒犯了你？

凯西奥 我不知道。

伊阿古 你怎么会不知道？

凯西奥 我记得一大堆事情，可全都是模模糊糊的；我记得跟人家吵起来，可是不知道为了什么。上帝啊！人们居然会把一个仇敌放进自己的嘴里，让它偷去我们的头脑，在欢天喜地之中，把我们自己变成了畜生！

伊阿古 可是你现在已经很清醒了，你怎么会明白过来的？

凯西奥 气鬼一上了身，酒鬼就自动退让；一件过失引起了第二件过失，简直使我自己也瞧不起自己了。

伊阿古 得啦，你也太认真了。照此时此地的环境说起

① 旨酒：美酒。

来，我但愿没有这种事情发生；可是既然事已如此，以后留心改过就是了。

凯西奥 我要请求他恢复我的原职，他会对我说我是一个酒棍！即使我有一百张嘴，这样一个答复也会把它们一起封住。现在还是一个清清楚楚的人，不一会儿就变成个傻子，立刻他就变成一头畜生！啊，奇怪！每一杯过量的酒都是魔鬼酿成的毒水。

伊阿古 算了，算了，好酒只要不滥喝，也是一个很好的伙伴；你也不用咒骂它了。副将，我想你一定把我当作一个好朋友看待。

凯西奥 我很信任你的友谊。我醉了！

伊阿古 朋友，一个人有时候多喝了几杯，也是免不了的。让我告诉你一个办法。我们主帅的夫人现在是我们真正的主帅；我可以这样说，因为他心里只念着她的好处，眼睛里只看见她的可爱。你只要在她面前坦白忏悔，恳求恳求她，她一定会帮助你官复原职。她的性情是那么慷慨仁慈，那么体贴人心，人家请她出力，她要是没有出到十二分，就好像对不起人似的。你请她替你弥缝弥缝你跟她的丈夫之间的这一道裂痕，我可以拿我的全部财产打赌，你们的交情一定反而会因此格外加强的。

凯西奥 你的主意出得很好。

伊阿古 我发誓这一种意思完全出于一片诚心。

凯西奥 我充分信任你的善意，明天一早我就请求贤德的苔丝狄蒙娜替我尽力说情。要是我在这儿给他们革退了，我的前途也就从此毁了。

伊阿古 你说得对。晚安，副将；我还要守夜去呢。

凯西奥 晚安，正直的伊阿古！

❖下

伊阿古 谁说我做事奸恶？我给他的这番意见，不是光明正大，很合理，而且的确是挽回这摩尔人的心意的最好办法吗？只要是正当的请求，苔丝狄蒙娜总是有求必应的；她的为人是再慷慨、再热心不过的了。至于叫她去说动这摩尔人，更是不费吹灰之力。他的灵魂已经完全成为她的爱情的俘虏，无论她要做什么事，或是把已经做成的事重新推翻，即使叫他抛弃他的信仰和一切得救的希望，他也会唯命是从，让她的喜恶主宰他的无力反抗的身心。我既然告诉了凯西奥这一条对他有利的计策，谁还能说我是个恶人呢？神面蛇心的鬼魅！恶魔往往用神圣的外表，引诱世人干最恶的罪行，正像我现在所用的手段一样；因为当这个老实的凯子恳求苔丝狄蒙娜为他转圜，当她竭力在那摩尔人面前替他说情的时候，我就要把毒药灌进那摩尔人的耳中，说是她之所以要帮凯西奥复职，只是为了恋奸情热的缘故。这样她越是忠于所托，越是会加强那摩尔人的猜疑；我就利用她的善良的心肠污毁她的名誉，让他们一个个都落进我的罗网之中。

❖洛特利哥重上

伊阿古 啊，洛特利哥！

洛特利哥 我在这儿给你们驱来赶去，不像一头追寻狐兔的猎狗，倒像是替你们凑凑热闹的。我的钱也差不多花光了，今夜我还挨了一顿痛打。我想这番教训，大概就是我费去不少辛苦换来的代价了。现在我的钱囊已经空空如也，我的头脑里总算增加了一点智慧，我要回到威尼斯去了。

伊阿古 没有耐性的人是多么可怜！什么伤口不是慢慢儿平复起来的？你知道我们干事情全赖计谋，

并不是用的魔法；用计谋就必须等待时机成熟。一切进行得不是很顺利吗？凯西奥固然把你打了一顿，可是你受的这点小小的痛苦，已经使凯西奥把官职都丢了。虽然在太阳光底下，各种草木都欣欣向荣，可是最先开花的果子总是最先成熟。你安心点儿吧。哎哟，天已经亮啦；又是喝酒，又是打架，闹哄哄的就让时间走过去了。你去吧，回到你的宿舍里去；去吧，有什么消息我再来告诉你；去吧。**【洛特利哥下】**我还要做两件事情：第一是叫我的妻子在她的女主人面前替凯西奥说两句好话；同时我就去设法把那摩尔人骗开，等到凯西奥去向他的妻子请求的时候，再让他亲眼看见这幕好戏。好，言之有理；不要迁延不决，耽误了锦囊妙计。

❖下

第 三 幕

第一场

塞浦路斯 城堡前

❖凯西奥及若干乐工上

凯西奥 列位朋友，就在这儿奏起来吧，我会酬劳你们的。奏一支简短一些的乐曲，敬祝我们的主帅晨安。【**音乐**】

❖小丑上

小　丑 怎么，列位朋友，你们的乐器都曾到过那不勒斯，所以会这样嗡咙嗡咙地用鼻音说话吗？

乐工甲 怎么，大哥，怎么？

小　丑 请问这些都是管乐器吗？

乐工甲 正是，大哥。

小　丑 啊，难怪下面有个那玩意儿。

乐工甲 什么玩意儿，大哥？

小　丑 啊，原来如此。可是，列位朋友，这儿是赏给你们的钱；将军非常喜欢你们的音乐，他请求你们千万不要再奏下去了。

乐工甲 好，大哥，那么我们不奏了。

小　丑 要是你们会奏听不见的音乐，请奏起来吧；可是正像人家说的，将军对于听音乐这件事不大感兴趣。

乐工甲 我们不会奏那样的音乐。

小　丑 那么把你们的笛子藏起来，因为我要走了。去，消灭在空气里吧；去！

❖乐工等下

凯西奥 你听没听见，我的好朋友？

小　丑 不，我没有听见您的好朋友；我只听见您。

凯西奥 少说笑话。这一块小小的金币你拿了去。要是侍候将军夫人的那位奶奶已经起身，你就告诉她有一个凯西奥请她出来说话。你肯不肯？

小　丑 她已经起身了，先生；要是她愿意出来，我就告诉她。

凯西奥 谢谢你，我的好朋友。

❖小丑下

❖伊阿古上

凯西奥 来得正好，伊阿古。

伊阿古 你还没有上过床吗？

凯西奥 没有；我们分手的时候，天早就亮了。伊阿古，我已经大胆叫人去请你的妻子出来；我想请她替我设法见一见贤德的苔丝狄蒙娜。

伊阿古 我去叫她立刻出来见你。我还要想一个法子把那摩尔人调开，好让你们谈话方便一些。

凯西奥 多谢你的好意。【伊阿古下】我从来没有认识过一个比他更善良正直的佛罗伦萨人。

❖爱米利娅上

爱米利娅 早安，副将！听说您误触主帅之怒，这真是一件令人懊恼的事；可是一切会转祸为福的。将军和他的夫人正在谈起此事，夫人竭力替您辩白，将军说，被您伤害的那个人，在塞浦路斯是很有名誉、很有势力的，为了避免受人非难，他不得不把您斥革。可是他说他很喜欢您，即使没有别人替您说情，他也会留心，一有适当的机会，就让您恢复原职的。

凯西奥 可是我还要请求您一件事：要是您认为没有妨碍，或是可以办得到的话，请您设法让我独自见一见苔丝狄蒙娜，跟她作一次简短的谈话。

爱米利娅 请您进来吧，我可以带您到一处可以让您从容吐露您的心曲的所在。

凯西奥 那真是太感谢了。

❖ 同下

第二场

城堡中一室

❖奥瑟罗、伊阿古及军官等上

奥瑟罗 伊阿古，这几封信你拿去交给舵师，叫他回去替我上呈元老院。我就在堡垒上走走；你把事情办好以后，就到那边来见我。

伊阿古 是，主帅，我就去。

奥瑟罗 各位，我们要不要去看看这儿的防务？

军　官 我们愿意奉陪。

❖同下

第三场

城堡前

❖苔丝狄蒙娜、凯西奥及爱米利娅上

苔丝狄蒙娜 好凯西奥，你放心吧，我一定尽力替你说情就是了。

爱米利娅 好夫人，请您千万要出力。不瞒您说，我的丈夫为了这件事情也懊恼得不得了，就像是他自己的事情一般。

苔丝狄蒙娜 啊！你的丈夫是一个好人。放心吧，凯西奥，我一定会设法使我的丈夫和你和好如初。

凯西奥 仁厚的夫人，无论迈克尔·凯西奥将来会有什么成就，他永远是您忠实的仆人。

苔丝狄蒙娜 我知道，我感谢你的好意。你爱我的丈夫，你又是他的多年的知交；放心吧，他除了表面上为了避嫌而对你略示疏远以外，绝不会真和你见外的。

凯西奥 您说得很对，夫人。可是为了避嫌，就可能因为小事或偶然要拖很长时间，结果我失去了在主帅帐下奔走的机会，日久之后，有人取代了我的地位，恐怕主帅就要把我的忠诚和微劳一起忘记了。

苔丝狄蒙娜 那你不用担心；当着爱米利娅的面，我保证你一定可以回复原职。请你相信我，要是我发誓帮助一个朋友，我一定会帮助他到底。我的丈夫将要不得安息，无论睡觉还是吃饭，我都要在他耳旁聒噪；无论他干什么事，我都要插进嘴去替凯西奥说情。所以高兴起来吧，凯西奥，因为你的辩护人是宁死不愿放弃你的权益的。

❖奥瑟罗及伊阿古自远处上

爱米利娅 夫人，将军来了。

凯西奥 夫人，我告辞了。

苔丝狄蒙娜 啊，等一等，听我说。

凯西奥 夫人，改日再谈吧；我现在心里很不自在，见了主帅恐怕多有不便。

苔丝狄蒙娜 好，随您的便。

❖凯西奥下

伊阿古 嘿！我不喜欢那种样子。

奥瑟罗 你说什么？

伊阿古 没有什么，主帅；要是——我不知道。

奥瑟罗 那从我妻子身边走开去的，不是凯西奥吗？

伊阿古 凯西奥，主帅？不，我想他一定不会看见您来了，就好像做了什么亏心事似的偷偷溜走的。

奥瑟罗 我相信是他。

苔丝狄蒙娜 啊，我的主！刚才有人在这儿向我请托，他因为失去了您的欢心，非常抑郁不快呢。

奥瑟罗 你说的是什么人？

苔丝狄蒙娜 就是您的副将凯西奥呀。我的好夫君，要是我还有几分面子，或是几分可以左右您的力量，请您立刻恢复他原来的恩宠吧；因为他倘不是一个真心爱您的人，他的过失倘不是无心而是有意的，那么我就是看错了人啦。请您叫他回来吧。

奥瑟罗 他刚才是从这儿离开吗?

苔丝狄蒙娜 嗯，是的；他是那样满含着羞愧，使我也不禁对他产生了同情的悲哀。爱人，叫他回来吧。

奥瑟罗 现在不必，亲爱的苔丝狄蒙娜；慢慢说吧。

苔丝狄蒙娜 可是那不会太久吗?

奥瑟罗 亲爱的，为了你的缘故，我叫他早一点复职就是了。

苔丝狄蒙娜 能不能在今天晚餐的时候呢?

奥瑟罗 不，今晚可不能。

苔丝狄蒙娜 那么明天午餐的时候呢?

奥瑟罗 明天我不在家里用午餐，我要跟将领们在营中会面。

苔丝狄蒙娜 那么明天晚上吧；或者星期二早上，星期二中午，晚上，星期三早上，随您指定一个时间，可是不要超过三天以上。他对于自己的不检点的行为，的确非常悔恨。在这种战争时期，地位较高的人固然必须以身作则，可是照我们平常的眼光看来，他的过失实在是微乎其微。什么时候让他来?告诉我，奥瑟罗。要是您有什么事情要求我，我想我绝不会拒绝您，或是这样吞吞吐吐的。什么！迈克尔·凯西奥，您向我求婚的时候，是他陪着您来的；好多次我表示对您不满意的时候，他总是为您辩护；现在我请您把他重新叙用，您却会这样为难！相信我，我可以——

奥瑟罗 好了，不要说下去了。让他随便什么时候来吧，你要什么我总不愿拒绝的。

苔丝狄蒙娜 这并不是一个恩惠，就好像我请求您戴上您的手套，劝您吃些富有营养的菜肴，穿些温暖的衣服，或是叫您做一件对您自己有益的事情一样。不，要是我真的向您提出什么要求，来试探试探您的爱情，那一定要是一件非常棘手而难以应允的事。

奥瑟罗 我什么都不愿拒绝你，可是现在你必须答应我暂时离开我一会儿。

苔丝狄蒙娜 我会拒绝您的要求吗？不。再会，我的主。

奥瑟罗 再会，我的苔丝狄蒙娜；我马上就来看你。

苔丝狄蒙娜 爱米利娅，来吧。您爱怎么样就怎么样，我总是服从您的。

❖苔丝狄蒙娜、爱米利娅同下

奥瑟罗 可爱的女人！要是我不爱你，我的灵魂将永堕地狱！当我不爱你的时候，世界也要复归于混沌了。

伊阿古 尊贵的主帅——

奥瑟罗 你说什么，伊阿古？

伊阿古 当您向夫人求婚的时候，迈克尔·凯西奥也知道你们在恋爱吗？

奥瑟罗 他从头到尾都知道。你为什么问起这个？

伊阿古 不过是为了解释我心头的一个疑惑，并没有其他用意。

奥瑟罗 你有什么疑惑，伊阿古？

伊阿古 我以为他本来跟夫人是不相识的。

奥瑟罗 啊，不，他常常在我们两人之间传递消息。

伊阿古 当真！

奥瑟罗 当真！嗯，当真。你觉得有什么不对吗？他这人不老实吗？

伊阿古 老实，我的主帅？

奥瑟罗 老实！嗯，老实。

伊阿古 主帅，照我所知道的——

奥瑟罗 你有什么意见？

伊阿古 意见，我的主帅！

奥瑟罗 意见，我的主帅！天哪，你在学我的舌，好像在你的头脑之中，藏着什么丑恶得不可见人的怪物似的。你话里有话。刚才凯西奥离开我的妻子的时候，我听见你说，你不喜欢那种样子；你不喜欢什么样子呢？当我告诉你在我求婚的全部过程中他都参与了我们的秘密的时候，你又喊着说："当真!"你蹙紧了你的眉头，好像在把一个可怕的思想关锁在你的脑筋里一样。要是你爱我，就把你所想到的事告诉我吧。

伊阿古 主帅，您知道我是爱您的。

奥瑟罗 我相信你的话；因为我知道你是一个忠诚正直的人，从来不让一句没有忖度过的话轻易出口，所以你这种吞吞吐吐的口气格外使我惊疑。对一个奸诈的小人来说，这些不过是一套玩惯了的戏法；可是对一个正人君子来说，那就是从心底里不知不觉自然流露出来的秘密的抗议了。

伊阿古 讲到迈克尔·凯西奥，我敢发誓我相信他是忠实的。

奥瑟罗 我也是这样想。

伊阿古 人们的内心应该跟他们的外表一致，有的人却不是这样；要是他们能够脱下假面，那就好了！

奥瑟罗 不错，人们的内心应该跟他们的外表一致。

伊阿古 所以我想凯西奥是个忠实的人。

奥瑟罗 不，我看你还有一些别的意思。请你老老实实把你的思想告诉我，尽管用最坏的字眼，说出你所想到的最坏的事情。

伊阿古 我的好主帅，请原谅我；凡是我名分上应尽的责任，我当然不敢躲避，可是您不能勉强我做那一切奴隶们也没有那种义务做的事。吐露我的思想？也许它们是邪恶而卑劣的；哪一座庄严的宫殿里，不会有时被下贱的东西闯入呢？哪一个人的心胸这样纯洁，没有一些污秽的念头和正大的思想分庭抗礼呢？

奥瑟罗 伊阿古，要是你以为你的朋友受人欺侮了，可是你却不让他知道你的思想，这不成党敌[①]卖友了吗？

伊阿古 也许我是以小人之心度君子之腹，因为我是

① 党敌：联合敌人。

个秉性多疑的人，常常会无中生有，错怪了人家；所以请您凭着自己的主见，还是不要把我的无稽的猜测放在心上，更不要因为我的胡乱的妄言而自寻烦恼。要是我让您知道了我的思想，一则将会破坏您的安静，对您没有什么好处；二则会影响我的人格，对我也是一件不智之举。

奥瑟罗 你的话是什么意思？

伊阿古 我的好主帅，无论男人女人，名誉是他们灵魂里面最贴身的珍宝。谁偷窃我的钱囊，他不过偷窃到一些废物，一些虚无的幻质，它从我的手里转到他的手里，而它也曾做过千万人的奴隶；可是谁偷了我的名誉，那么他虽然并不因此而富足，我却因为失去它而赤贫了。

奥瑟罗 上天作证，我一定要知道你的思想。

伊阿古 即使我的心在您的手里，您也不能知道我的思想；当它还在我的保管之下时，我更不能让您知道。

奥瑟罗 嘿！

伊阿古 啊，主帅，您要留心嫉妒啊；那是一个绿眼的妖魔，谁做了它的牺牲品，就要受它的玩弄。本来并不爱他的妻子的那种丈夫，虽然明知被他的妻子欺骗，算来还是幸福的；可是啊，一方面那样痴心疼爱，一方面又是那样满腹狐疑，这才是活活的受罪！

奥瑟罗 啊，难堪的痛苦！

伊阿古 贫穷而知足，可以赛过富有；有钱的人要是时时刻刻都在担心他会有一天变成穷人，那么即使他有无限的资财，实际上也像冬天一样贫困。天啊，保佑我们不要嫉妒吧！

奥瑟罗 咦，这是什么意思？你以为我会在嫉妒里消磨我的一生，随着每一次月亮的变化，发生一次新的猜疑吗？不，如果我有一天感到怀疑，就要把它立刻解决。要是我会像你所暗示的那样，让这种捕风捉影的猜测支配我的心灵，我就是一头愚蠢的山羊。如果有说我的妻子貌美多姿，爱好交际，口才敏慧，能歌善舞，又弹得一手好琴，这绝不会使我嫉妒；对于一个贤淑的女子，这些是锦上添花的美妙的外饰。我也绝不因为我自己的缺点而担心她会背叛我；她倘不是独具慧眼，绝不会选中我的。不，伊阿古，我在没有亲眼目睹以前，绝不妄起猜疑；当我感到怀疑的时候，我就要把它证实；如果有了确实的证据，我就一了百了，让爱情和嫉妒同时毁灭。

伊阿古 您这番话使我听了很是高兴，因为我现在可以更加坦白地向您披露我的忠爱之忱了。我还不能给您确实的证据。注意尊夫人的行动，留心观察她对凯西奥的态度，用冷静的眼光看着他们，不要一味多心，也不要过于大意。我不愿您的慷慨豪迈的天性被人欺罔，留心着吧。我知道我们国里娘儿们的脾气；在威尼斯她们背着丈夫干的风流韵事，是瞒不过老天的；她们可以不顾羞耻，干她们所要干的事，只要不让丈夫知道，就可以问心无愧。

奥瑟罗 你真的这样说吗？

伊阿古 她当初跟您结婚，曾经骗过她的父亲；当她好像对您的容貌战栗畏惧的时候，她的心里却在热烈地爱着它。

奥瑟罗 她正是这样。

伊阿古 好，她这样小小的年纪，就有这般能耐，做作得不露一丝破绽，把她父亲的眼睛完全遮掩过去，使他疑心您用妖术把她骗走。——可是我不该说这种话，请您原谅我对您的过分的忠心吧。

奥瑟罗 我永远感激你的好意。

伊阿古 我看这件事情有点儿扫了您的兴致。

奥瑟罗 一点也不，一点也不。

伊阿古 真的，我怕您在生气啦。我希望您把我这番话当作善意的警戒。可是我看您真的在动怒啦。我必须请求您不要因为我这么说了，就武断地下了结论。这不过是一点嫌疑，还不能就认为事实哩。

奥瑟罗 我不会的。

伊阿古 您要是这样，主帅，那么我的话就要引起不幸的后果，完全违反我的本意了。凯西奥是我的好朋友——主帅，我看您在动怒啦。

奥瑟罗 不，并不怎么动怒。我相信苔丝狄蒙娜是贞洁的。

伊阿古 但愿她永远如此！但愿您永远这样想！

奥瑟罗 可是一个人往往容易迷失本性——

伊阿古 嗯，问题就在这儿。说句大胆的话，当初多少跟她同国族、同肤色、同阶级的人向她求婚，她都置之不理，这明明是违反常情的举动。嘿！从这儿就可以看到一个人荒唐的意志、乖僻的习性和不近人情的思想。可是原谅我，我不一定指着她说话；虽然我恐怕她因为一时的轻率跟随了您，也许后来会觉得您在各方面不能符合她自己国中的标准而懊悔她的错误的选择。

奥瑟罗 再会，再会。要是你还观察到什么事，请让我知道；叫你的妻子留心察看。你走吧，伊阿古。

伊阿古 主帅，我告辞了。【欲去】

奥瑟罗 我为什么要结婚呢？这个诚实的汉子所看到所知道的事情，一定比他告诉我的多得多。

伊阿古 【回转】主帅，我想请您最好把这件事情搁一搁，慢慢再看吧。凯西奥虽然应该让他复职，因为他非常能胜任这一职位；可是您要是愿意拖延一下，就可以借此窥探他的真相，看他钻的是哪一条门路。您只要注意尊夫人在您面前是不是着力替他说情，就可以看出不少情事。现在请您只把我的意见认作无谓的过虑——我相信我的确太多疑了——仍旧把尊夫人看成一个清白无罪的人。

奥瑟罗 你放心吧，我不会失去自制力的。

伊阿古 那么我告辞了。

❖下

奥瑟罗 这是一个非常诚实的家伙，对于人情世故是再熟悉不过的了。要是我能够证明她是一头没有驯服的野鹰，即使我用自己的心弦把她系住，我也要放她随风远去，追寻她自己的命运。也许因为我生得黑丑，缺少绅士们温柔风雅的谈吐；也许因为我年纪老了点儿——虽然还不算顶老——所以她才会背叛我；我已经自取其辱，只好割断对她这一段痴情。啊，结婚的烦恼！我们可以在名义上把这些可爱的人儿称为我们的所有物，却不能支配她们的爱憎喜恶！我宁愿做一只蛤蟆，呼吸牢室中的浊气，也不愿占住了自己心爱之物的一角，让别人把它享用。可是那是富贵者也不能幸免的灾祸，他们并不比贫贱者享有更多的特权；那是像死一样不可逃避的命运，我们一生下来就已经在冥冥中注定了的。瞧！她来了。倘然她是不贞的，啊！那么上天在开自己的玩笑了。我不信。

❖苔丝狄蒙娜及爱米利娅重上

苔丝狄蒙娜 啊，我的亲爱的奥瑟罗！您所宴请的那些岛上的贵人们都在等着您去就席哩。

奥瑟罗 是我失礼了。

苔丝狄蒙娜 您怎么说话这样没有劲？您不大舒服吗？

奥瑟罗 我有点儿头痛。

苔丝狄蒙娜 那一定是因为少睡的缘故，不要紧的；让我替您绑紧了，一小时内就可以痊愈。

奥瑟罗 你的手帕太小了。【苔丝狄蒙娜手帕坠地】随它去；来，我跟你一块儿进去。

苔丝狄蒙娜 您身子不舒服，我很懊恼。

❖奥瑟罗、苔丝狄蒙娜下

爱米利娅 我很高兴我拾到了这方手帕，这是她从那摩尔人手里第一次得到的礼物。我那古怪的丈夫向我说过了不知多少好话，要我把它偷来；可是她非常喜欢这玩意儿，因为他叫她永远保存，不许遗失，所以她随时带在身边，一个人的时候就拿出来把它亲吻，对它说话。我要去把那花样描下来，再把它送给伊阿古。他拿去究竟有什么用，天才知道，我可不知道。我只不过为了讨他的欢喜罢了。

❖伊阿古重上

伊阿古 啊！你一个人在这儿干吗？

爱米利娅 不要骂，我有一件好东西给你。

伊阿古 一件好东西给我？一件不值钱的东西——

爱米利娅 嘿！

伊阿古 娶了一个愚蠢的老婆。

爱米利娅 啊！当真？要是我现在把那方手帕给了你，你给我什么东西？

伊阿古 什么手帕？

爱米利娅 什么手帕！就是那摩尔人第一次送给苔丝狄蒙娜的，你老是叫我偷了来的那方手帕呀。

伊阿古 已经偷来了吗？

爱米利娅 不，不瞒你说，她自己不小心掉了下来，我正在旁边，乘此机会就把它拾起来了。瞧，这不就是吗？

伊阿古 好娘子，给我。

爱米利娅 你一定要我偷了它来，究竟有什么用？

伊阿古 哼，那干你什么事？【**夺帕**】

爱米利娅 要是没有重要的用途，还是把它还了我吧。可怜的夫人！她失去这方手帕，准要发疯了。

伊阿古 不要说出来，我自有用处。去，离开我。【**爱米利娅下**】我要把这手帕丢在凯西奥的寓所里，让他找到它。像空气一样轻的小事，对于一个嫉妒的人，也会变成天书一样确凿的证据；也许这就可以引起一场是非。这摩尔人已经中了我的毒药，他的心理上已经发生变化了；危险的思想本来就是一种毒药，虽然在开始的时候尝不到什么苦涩的味道，可是渐渐地在血液里活动起来，就会像火山一样轰然爆发。我已经说过了；瞧，他又来了！

❖奥瑟罗重上

伊阿古 罂粟、曼陀罗或是世上一切使人昏迷的药草，都不能使你得到昨天晚上你还安然享受的酣眠。

奥瑟罗 嘿！嘿！对我不贞？

伊阿古 啊，怎么，主帅！别老想着那件事啦。

奥瑟罗 去！滚开！你害得我好苦。与其知道得不明不白，还是糊里糊涂受人家欺弄的好。

伊阿古 怎么，主帅！

奥瑟罗 她瞒着我跟人家私通，我不是一无知觉的吗？我没有看见，没有想到，它和我漠不相干；到了晚上，我还是睡得好好的，逍遥自得，无忧无虑，在她的嘴唇上找不到凯西奥吻过的痕迹。被盗的人要是不知道偷儿盗走了他什么东西，他就等于没有被盗一样。

伊阿古 我很抱歉听见您说这样的话。

奥瑟罗 要是全营的将士，从最低微的工兵起，都曾领略过她的肉体的美趣，只要我一无所知，我还是快乐的。啊！从今以后，永别了，宁静的心绪！永别了，平和的幸福！永别了，威武的大军、激发壮志的战争！啊，永别了！永别了，长嘶的骏马、锐利的号角、惊魂的鼙鼓、刺耳的横笛、庄严的大旗和一切战阵上的威仪！还有你，杀人的巨炮啊，你的残暴的喉咙模仿着天神乔武的怒吼，永别了！奥瑟罗的事业已经完毕。

伊阿古 何至于此呢，主帅？

奥瑟罗 恶人，你必须证明我的爱人是一个淫妇，你必须给我目击者的证据；否则凭着人类永生的灵魂起誓，我被激起了的怒火将要喷射在你的身上，使你悔恨自己当初不曾投胎做一条狗！

伊阿古 竟会到了这样的地步吗？

奥瑟罗 让我亲眼看见这种事实，或者至少给我无可置疑的切实的证据，否则我要活活取你的命！

伊阿古 尊贵的主帅——

奥瑟罗 你要是故意捏造谣言，毁坏她的名誉，使我受到难堪的痛苦，那么你再不要祈祷吧；放弃一切恻隐之心，让各种残酷的罪恶丛集于你一身，尽管做一些使上天悲泣、使人世惊愕的暴行吧，因为你现在已经罪大恶极，没有什么可以使你在地狱里沉沦得更深的了。

伊阿古 天啊！您是一个汉子吗？您有灵魂吗？您有知觉吗？上帝和您同在！我也不要做这劳什子的旗官了。啊，倒霉的傻瓜！你以为自己是个老实人，人家却把你的老实当作了罪恶！啊，丑恶的世界！注意，注意，世人啊！说老实话，做老实人，是一件危险的事哩。谢谢您给我这一个有益的教训；既然善意反而遭人嗔怪，从此以后，我再也不对什么朋友掬献我的真情了。

奥瑟罗 不，且慢；你应该做一个老实人。

伊阿古 我应该做一个聪明人；因为老实人就是傻瓜，虽然一片好心，结果还是不能取信于人。

奥瑟罗 我想我的妻子是贞洁的，可是又疑心她不大贞洁；我想你是诚实的，可是又疑心你不大诚实。我一定要得到一些证据。她的名誉本来是像狄安娜①的容颜一样皎洁的，现在已经染上污垢，像我自己的脸庞一样黝黑了。要是这儿有绳子、刀子、毒药、火焰或是使人窒息的河水，我一定不能忍受下去。但愿我能够扫除这一块疑团！

伊阿古 主帅，我看您完全被感情所支配了。我很后悔不该惹起您的疑心。那么您愿意知道究竟吗？

奥瑟罗 愿意！嘿，我一定要知道。

---

① 狄安娜：罗马神话中的月亮女神，终身不嫁，保持贞洁。

伊阿古 那倒是可以的。可是怎样去知道它呢，主帅？您还是眼睁睁地当场看她被人奸污吗？

奥瑟罗 啊！该死该死！

伊阿古 叫他们当场出丑，我想很不容易；他们干这种事，总是要避人眼目的。那么怎么样呢？我应该怎么说呢？怎样才可以拿到真凭实据？即使他们像山羊一样风骚，像猴子一样好色，像豺狼一样贪淫，即使他们是糊涂透顶的傻瓜，您也看不到他们这一幕把戏。可是我说，有了确凿的线索，就可以探出事实的真相；要是这一类间接的旁证可以替您解除疑惑，那这类证据倒是不难得到的。

奥瑟罗 给我一个充分的理由，证明她已经失节。

伊阿古 我不喜欢这件差使；可是既然愚蠢的忠心已经把我拉进了这一桩纠纷里去，我也不能再继续沉默了。最近我曾经和凯西奥同过榻。我因为牙痛不能入睡。世上有一种人，他们的灵魂是不能保守秘密的，往往会在睡梦之中吐露他们的私事，凯西奥也就是这一种人；我听见他在梦寐中说："亲爱的苔丝狄蒙娜，我们需要小心，不要让别人窥破了我们的爱情！”于是，主帅，他就紧紧地捏住我的手，嘴里喊：“啊，可爱的人儿！”然后狠狠地吻着我，好像那些吻是长在我的嘴唇上，他恨不得把它们连根拔起一样；然后他又把他的脚搁在我的大腿上，叹一口气，又吻我，喊一声“该死的命运，把你给了那摩尔人！”

奥瑟罗 啊，可恶！可恶！

伊阿古 不，这不过是他的梦。

奥瑟罗 虽然只是一个梦，但这已经可以断定一切。

伊阿古 这也许可以进一步证实其他的疑窦。

奥瑟罗 我要把她碎尸万段。

伊阿古 不，您不能太鲁莽了；我们还没有看见实际的行动。也许她还是贞洁的。告诉我这一点：您有没有在尊夫人的手里看见过一方绣着草莓花样的手帕？

奥瑟罗 我给过她这样一方手帕，那是我第一次送给她的礼物。

伊阿古 那我不知道；可是今天我看见凯西奥用这样一方手帕抹他的胡子，我相信它一定就是尊夫人的。

奥瑟罗 假如就是那一方手帕——

伊阿古 假如就是那一方手帕，或者是其他她所用过的手帕，那么这又是一个对她不利的证据了。

奥瑟罗 啊，我但愿那家伙有四万条生命！单单让他死一次是发泄不了我的愤怒的。现在我明白这件事情全然是真的了。瞧，伊阿古，我把我的全部痴情在天空中吹散；它已经随风消逝了。黑暗的复仇，从你的幽窟之中升起来吧！爱情啊，把你的王冠和你的心灵深处的宝座让给残暴的憎恨吧！膨胀起来吧，我的胸膛，因为你已经满载着毒蛇的螫舌！

伊阿古 请不要发恼。

奥瑟罗 啊，血！血！血！

伊阿古 忍耐点儿吧，也许您的意见会改变过来的。

奥瑟罗 绝不，伊阿古。就像黑海的寒涛滚滚奔流，流进马尔马拉海，直冲达达尼尔海峡，永远不会后退一样，我的风驰电掣的流血的思想，在复仇的目的没有充分达到以前，也绝不会踟蹰回顾，化为绕指的柔情。【**跪**】苍天在上，我倘不能报这奇耻大辱，誓不苟活于世。

伊阿古 且慢。【跪】亘古炳耀的日月星辰，环抱宇宙的风云雨雾，请你们为我作证：从现在起，伊阿古愿意尽心竭力，为被欺的奥瑟罗效劳；无论他叫我做什么凶险的工作，我都会唯命是从。

奥瑟罗 我不用口头的感谢接受你的好意，为了表示我的诚心的嘉纳，我要请你立刻履行你的诺言：在这三天以内，让我听见你说凯西奥已经不在人世。

伊阿古 我的朋友的死已经决定了，因为这是您的意旨；可是放她活命吧。

奥瑟罗 该死的淫妇！啊，咒死她！来，跟我去；我要为这美貌的魔鬼想出一个干脆的死法。现在你是我的副将了。

伊阿古 我永远是您的忠仆。

❖同下

第四场

城堡前

❖苔丝狄蒙娜、爱米利娅及小丑上

苔丝狄蒙娜 喂，你知道凯西奥副将住在什么地方吗？

小　丑 我可不敢说他住在哪儿。

苔丝狄蒙娜 为什么？

小　丑 他是个军人，要是说军人有“假”，那可是出人命的事儿。

苔丝狄蒙娜 好吧，那么他住在什么地方呢？

小　丑 告诉您他住在什么地方，就是告诉您我在撒谎。

苔丝狄蒙娜 那是什么意思？

小　丑 我不知道他住在什么地方；要是胡乱想出一

个地方来，说他住在这儿，住在那儿，那就是我存心说谎话了。

苔丝狄蒙娜 你可以打听打听他在什么地方呀。

小　丑 好，我就去到处向人家打听，看他们怎么回答我。

苔丝狄蒙娜 找到了他，你就叫他到这儿来，对他说我已经替他在将军面前说过情了，大概可以得到圆满的结果。

小　丑 干这件事是一个人的智力所能及的，所以我愿意去试一试。

❖下

苔丝狄蒙娜 我究竟在什么地方掉了那方手帕呢，爱米利娅？

爱米利娅 我不知道，夫人。

苔丝狄蒙娜 相信我，我宁愿失去我的一袋金币；倘然我的摩尔人不是这样一个光明磊落的汉子，倘然他也像那些多疑善妒的卑鄙男人一样，那么这是很可以引起他的疑心的。

爱米利娅 他不会嫉妒吗？

苔丝狄蒙娜 谁！他？我想在他生长的地方，那灼热的阳光已经把这种气质完全从他身上吸去了。

爱米利娅 瞧！他来了。

苔丝狄蒙娜 我在他没有跟凯西奥当面谈话以前，绝不离开他一步。

❖奥瑟罗上

苔丝狄蒙娜 您好吗，我的主？

奥瑟罗 好，我的好夫人。**【旁白】**啊，装假脸真不容易！——你好吗，苔丝狄蒙娜？

苔丝狄蒙娜 我好，我的好夫君。

奥瑟罗 把你的手给我。这手很潮润呢，我的夫人。

苔丝狄蒙娜 它还没有受到衰老的侵袭，也没有受过忧伤的损害。

奥瑟罗 这一只手表明它的主人是多育子女而心肠慷慨的；这么热，这么潮。奉劝夫人努力克制邪心，常常斋戒祷告，反省自责，礼拜神明，因为这儿有一个年少风流的魔鬼，惯会在人们血液里捣乱。这是一只好手，一只很慷慨的手。

苔丝狄蒙娜 您真的可以这样说，因为就是这一只手把我的心献给您的。

奥瑟罗 一只慷慨的手。从前的姑娘把手给人，同时把心也一起给了他；现在时世变了，得到一位姑娘的手的，不一定能够得到她的心。

苔丝狄蒙娜 这种话我不会说。来，您答应我的事怎么样啦？

奥瑟罗 我答应你什么了，乖乖？

苔丝狄蒙娜 我已经叫人去请凯西奥来跟您谈谈了。

奥瑟罗 我的眼睛有些胀痛，老是淌着眼泪。把你的手帕借给我一用。

苔丝狄蒙娜 这儿，我的主。

奥瑟罗 我给你的那一方呢？

苔丝狄蒙娜 我没有带在身边。

奥瑟罗 没有带？

苔丝狄蒙娜 真的没有带，我的主。

奥瑟罗 那你可错了。那方手帕是一个埃及女人送给我的母亲的。她是一个能够洞察人心的女巫，她对我的母亲说，当她保存着这方手帕的时候，它可以使她得到我的父亲的欢心，享受专房的爱宠，可是她要是失去了它，或是把它送给旁人，我的父亲就要对她产生憎厌，他就要另觅新欢了。她在临死的时候把它传给我，叫我有了妻子以后，就把它交给新妇。我遵照她的吩咐给了你，所以你必须格外小心，珍惜它像珍惜你自己宝贵的眼睛一样；万一失去了，或是送给别人，那就难免遭到一场无比的灾祸。

苔丝狄蒙娜 真会有这种事吗？

奥瑟罗 真的，这一方小小的手帕，却有神奇的魔力织在里面。它是一个二百岁的神巫在一阵心血来潮的时候缝就的。它那一缕缕的丝线，也不是世间的凡蚕所吐。织成以后，它曾经在用处女的心炼成的丹液里浸过。

苔丝狄蒙娜 当真！这是真的吗？

奥瑟罗 绝对是真的，所以留心藏好它吧。

苔丝狄蒙娜 上帝啊，但愿我从来没有见过它！

奥瑟罗 嘿！为什么？

苔丝狄蒙娜 您为什么说得这样暴躁？

奥瑟罗 它已经失去了吗？不见了吗？说，它是不是已经丢了？

苔丝狄蒙娜 上天祝福我们！

奥瑟罗 你说。

苔丝狄蒙娜 它没有失去；可是要是失去了，那可怎么样呢？

奥瑟罗 怎么！

苔丝狄蒙娜 我说它没有失去。

奥瑟罗 去把它拿来给我看。

苔丝狄蒙娜 我可以去把它拿来，可是现在我不高兴。这是一个诡计，想把我的要求赖了过去。请您把凯西奥重新录用了吧。

奥瑟罗 给我把那手帕拿来。我的疑心起来了。

苔丝狄蒙娜 得啦，得啦，您再也找不到一个比他更能干的人了。

奥瑟罗 手帕!

苔丝狄蒙娜 请您还是跟我谈谈凯西奥的事情吧。

奥瑟罗 手帕!

苔丝狄蒙娜 他一向受您的眷爱，跟着您同甘共苦，历尽艰辛——

奥瑟罗 手帕!

苔丝狄蒙娜 凭良心说，您也太不该这样做了。

奥瑟罗 去!

❖下

爱米利娅 这个人在嫉妒吗?

苔丝狄蒙娜 我从来没有见过他这样子。这手帕一定有些不可思议的魔力。我真倒霉，居然把它丢了。

爱米利娅 好的男人一两年里头也难得碰见一个。男人是一个胃，我们是一块肉；他们贪馋地把我们吞下去，吃饱了，就把我们呕出来。您瞧！凯西奥跟我的丈夫来啦。

❖伊阿古及凯西奥上

伊阿古 没有别的法子，只好央求她出力。瞧！我们运气真好！去求求她吧。

苔丝狄蒙娜 啊，好凯西奥！您有什么见教？

凯西奥 夫人，我还是要向您重提我的原来的请求，希望您发挥鼎力，让我重新做人，能够在我所尊敬的主帅麾下再邀恩眷。我不能这样延宕下去了。假如我果然罪大恶极，无论是过去的微劳、现在的悔恨或是将来立功自赎的决心，都不能博取他的矜怜宽谅，那么我也希望得到一个明白的答复，这样我就能死心塌地向别处去乞讨命运的布施了。

苔丝狄蒙娜 唉，善良的凯西奥！我的话已经变成刺耳的噪音了。我的丈夫已经不是我的丈夫，要是他的面貌也像他的脾气一样改变，我简直要不认识他了。愿神灵保佑我！我已经尽力替您说话了；为了我的言辞的戆拙，我已经遭到他的憎怒。您必须暂时忍耐；只要是我力所能及的事，我都愿意为您一试。请您相信我，就算是我自己的事情，我也不会这样热心的。

伊阿古 主帅发怒了吗？

爱米利娅 他刚才从这儿走开，他的神情暴躁异常。

伊阿古 他会发怒吗？我曾经看见大炮冲散他的队伍，像魔鬼一样把他的兄弟从他身边轰掉，他仍旧不动声色。他也会发怒吗？那么一定出了什么重大的事情啦。我要去看看他。他要是发怒，一定有些缘故。

苔丝狄蒙娜 请你就去吧。【**伊阿古下**】一定是什么国家大事，或是他在这塞浦路斯发现了威尼斯方面有什么秘密的阴谋，扰乱了他的清明的神志。人们在这种情形之下，往往会为了一些些小事而生气，虽然实际激怒他们的是其他更严重的事情。正是这样，我们一个指头疼痛的时候，全身都会觉得难受。我们不能把男人当作完美的天神，也不能希望他们永远像新婚之夜那样殷勤体贴。爱米利娅，我真该死，会在心里抱怨他的无情。现在我才觉得我是错怪他了。

爱米利娅 谢天谢地，但愿果然像您所想的，他是为了些国家的事情，不是因为对您起了疑心。

苔丝狄蒙娜 唉！我从来没有给过他一些可以使他怀疑的理由。

爱米利娅 可是多疑的人是不会因此而满足的；他们往往不是因为有了什么理由而嫉妒，只是为了嫉妒而嫉妒，那是一个凭空而来、自生自长的怪物。

苔丝狄蒙娜 愿上天保佑奥瑟罗，不要让这怪物钻进他的心里！

爱米利娅 阿门，夫人。

苔丝狄蒙娜 我去找他去。凯西奥，您在这儿走走；要是他方便的话，我会向他提起您的请求，尽力给您转圜就是了。

凯西奥 多谢夫人。

❖苔丝狄蒙娜、爱米利娅下

❖比恩卡上

比恩卡 你好，我的朋友凯西奥！

凯西奥 你怎么不在家里？你好，我的最娇美的比恩卡？不骗你，亲爱的，我正要到你家里来呢。

比恩卡 我也是要到你的尊寓去的，凯西奥。什么！一个星期不来看我？七天七夜？一百六十八个小时？在相思里挨过的时辰，比时钟上是要慢上八十倍的；啊，这一笔算不清的糊涂账！

凯西奥 对不起，比恩卡，这几天来我实在心事太重，改日加倍补报你就是了。亲爱的比恩卡，**【将苔丝狄蒙娜手帕授比恩卡】**替我把这手帕上的花样描下来。

比恩卡 啊，凯西奥！这是什么地方来的？这一定是哪个新相好送给你的礼物。我现在明白你不来看我的缘故了。有这等事吗？好，好。

凯西奥 得啦，女人！把你这种瞎疑心丢还给魔鬼吧。你在吃醋了，你以为这是什么情人送给我的纪念品。不，凭着我的良心发誓，比恩卡。

比恩卡 那么这是谁的？

凯西奥 我不知道，爱人；我在寝室里找到它。那花样我很喜欢，我想趁失主没有来问我讨还以前，把它描了下来。请你拿去给我描一描。

现在请你暂时离开我。

比恩卡 离开你！为什么？

凯西奥 我在这儿等候主帅到来；让他看见我有女人陪着，恐怕不大方便。

比恩卡 为什么？我倒要请问。

凯西奥 不是因为我不爱你。

比恩卡 只是因为你并不爱我。请你陪我略走一段路，告诉我今天晚上你来不来看我。

凯西奥 我只能陪你稍走几步，因为我在这儿等着别人；可是我就会来看你的。

比恩卡 那很好，我也不能勉强你。

❖各下

第四幕

第一场

塞浦路斯　城堡前

❖奥瑟罗及伊阿古上

伊阿古　您愿意这样想吗？

奥瑟罗　这样想，伊阿古！

伊阿古　什么！背着人接吻？

奥瑟罗　这样的接吻是为礼法所不容的。

伊阿古　脱光了衣服，和她的朋友睡在一床，经过一个多小时，却一点不起邪念？

奥瑟罗　伊阿古，脱光衣服睡在床上，还会不起邪念！这明明是对魔鬼的假意矜持。无论怎样自诩坚贞的人，到了这种时候，也免不了受魔鬼的诱惑。

伊阿古 要是他们不及于乱，那还不过是一个小小的过失；可是假如我把这一方手帕给了我的妻子——

奥瑟罗 给了她便怎样?

伊阿古 啊，主帅，那时候它就是她的东西了；既然是她的东西，我想她送给谁都可以。

奥瑟罗 她的贞操也是她自己的东西，莫非她也可以送人吗?

伊阿古 她的贞操是一种不可捉摸的品质，世上有几个真正贞洁的妇人?可是讲到那方手帕——

奥瑟罗 天哪，我宁愿忘记那句话！你说——啊！它笼罩着我的记忆，就像预兆不祥的乌鸦在一座染疫的屋顶上回旋一样——你说我的手帕在他的手里。

伊阿古 是的，在他手里便怎么样?

奥瑟罗 那可不大好。

伊阿古 什么！要是我说我看见他干了那对您不住的事呢?或是听见他说——世上多的是那种家伙，他们靠着死命的追求征服了一个女人，或者得到什么情妇的自动的垂青，就禁不住到处向人吹嘘——

奥瑟罗 他说过什么话吗？

伊阿古 说过的，主帅；可是您放心吧，他说过的话，他都可以赌咒不承认的。

奥瑟罗 他说过什么？

伊阿古 他说，他曾经——我不知道他曾经干过些什么事。

奥瑟罗 什么？什么？

伊阿古 跟她睡——

奥瑟罗 在一床？

伊阿古 睡在一床，睡在她的身上；随您怎么说吧。

奥瑟罗 跟她睡在一床！睡在她的身上！该死，岂有此理！手帕——口供——手帕！叫他招供了，再把他吊死。先把他吊起来，然后叫他招供。我一想起就气得发抖。人们总是有了某种感应，阴暗的情绪才会笼罩他的心灵。一两句空洞的话是不能给我这样大的震动的。呸！磨鼻子，咬耳朵，吮嘴唇。会有这样的事吗？口供！——手帕！——啊，魔鬼！

【晕倒】

伊阿古 显出你的效力来吧，我的妙药，显出你的效力来吧！轻信的愚人是这样落进了圈套；许多贞洁贤淑的娘儿们，都是这样蒙上了不白之冤。喂，主帅！主帅！奥瑟罗！

❖凯西奥上

伊阿古 啊，凯西奥！

凯西奥 怎么一回事？

伊阿古 咱们大帅发起癫痫来了。这是他第二次发作。昨天他也发过一次。

凯西奥 在他太阳穴上摩擦摩擦。

伊阿古 不，不行。他这种昏迷状态，必须保持安静；要不然的话，他嘴里就要冒出白沫，慢慢地会发起癫来的。瞧！他在动了。你暂时走开一下，他就会恢复原状的。等他走了以后，我还有要紧的话跟你说。

❖凯西奥下

伊阿古 怎么啦，主帅？您没有跌痛您的头吧？

奥瑟罗 你在讥笑我吗？

伊阿古 我讥笑您？不，没有这样的事！我愿您像一个大丈夫似的忍受命运的拨弄。

奥瑟罗 顶上了绿头巾，还算一个人吗？

伊阿古 在一座热闹的城市里，这种不算人的人多着呢。

奥瑟罗 他自己公然承认了吗？

伊阿古 主帅，您看破一点吧。您想一想，每一个有家室的须眉男子，都有可能与你共享同样的命运。世上不知有多少男人，他们的卧榻上容留过无数的生张熟魏[1]，他们自己还满以为这是一块私人的禁地哩；您的情形还不算顶坏。啊！这是最刻毒的恶作剧，魔鬼的最大的玩笑，让一个男人安安心心地搂着一个荡妇亲嘴，还以为她是一个三贞九烈的女人！我知道自己是个什么人，所以我也知道她会变成什么样子。

奥瑟罗 啊！你是个聪明人，你说得一点不错。

伊阿古 现在请您暂时站在一旁，竭力耐住您的怒气。刚才您恼得昏过去的时候，凯西奥曾经到这儿来过；我告诉他您是因为一时身体不适而不省人事，把他打发走了，叫他过一会儿再来跟我谈谈；他已经答应我了。您只要找一处地方再躲一躲，就可以看见他满脸得意忘形，冷嘲热讽的样子；因为我要叫他从

① 生张熟魏：泛指认识和不认识的人。

头叙述他历次跟尊夫人相会的情形，还要问他重温好梦的时间和地点。您留心看看他那副表情吧。可是不要气恼；否则我就要说您一味意气用事，一点没有大丈夫的气概啦。

奥瑟罗 告诉你吧，伊阿古，我会很巧妙地保持耐心；可是，你听着，我也会包藏一颗最可怕的杀心。

伊阿古 那很好，可是什么事都要看准时机。您走远一步吧。**【奥瑟罗退后】**现在我要向凯西奥谈起比恩卡，一个靠着出卖风情维持生活的雌儿。她热恋着凯西奥。这也是娼妓们的报应，她们往往迷惑了许多男子，结果却被一个男人迷昏了心。他一听见她的名字，就会忍不住捧腹大笑。他来了。

❖凯西奥重上

伊阿古 他一笑起来，奥瑟罗就会发疯。可怜的凯西奥的嬉笑的神情和轻狂的举止，在他那充满着无知的嫉妒的心头，一定可以引起严重的误会。——您好，副将？

凯西奥 我因为丢掉了这个头衔，正在懊恼得要死，你却还要这样称呼我。

伊阿古 在苔丝狄蒙娜跟前多说几句央求的话，包你原官起用。【低声】要是换你向比恩卡求情，这件事早就不成问题了。

凯西奥 唉，可怜虫！

奥瑟罗 【旁白】瞧！他已经在笑起来啦！

伊阿古 我从来不知道一个女人会这样爱一个男人。

凯西奥 唉，小东西！我看她倒是真的爱我。

奥瑟罗 【旁白】现在他在含糊否认，想把这事情用一笑搪塞过去。

伊阿古 你听见了吗，凯西奥？

奥瑟罗 【旁白】现在伊阿古在要求凯西奥告诉他事情的来龙去脉啦。说下去；很好，很好。

伊阿古 她向人家说你将要跟她结婚，你有这个意思吗？

凯西奥 哈哈哈！

奥瑟罗 【旁白】你这样得意吗，好家伙？你这样得意吗？

凯西奥 我跟她结婚！什么？一个娼妇？对不起，你不要这样看轻我，我还不至于糊涂到这等地步哩。哈哈哈！

奥瑟罗 【旁白】好，好，好，好。得胜的人才会笑逐颜开。

伊阿古 不骗你，人家都在说你将要跟她结婚。

凯西奥 对不起，别说笑话啦。

伊阿古 我要是骗了你，我就是个大大的混蛋。

凯西奥 一派胡言！她自己一厢情愿，相信我会跟她结婚；我可没有答应她。

奥瑟罗 【旁白】伊阿古在向我打招呼；现在他开始讲他的故事啦。

凯西奥 她刚才还在这儿；她到处缠着我。前天我正在海边跟几个威尼斯人谈话，那傻东西就来啦。不瞒你说，她这样攀住我的颈项——

奥瑟罗 【旁白】叫一声“啊，亲爱的凯西奥！”我可以从他的表情中猜出来。

凯西奥 她这样拉住我的衣服，靠在我的怀里，哭个没了，还这样把我拖来拖去，哈哈哈！

奥瑟罗 【旁白】现在他在讲她怎样把他拖到我的寝室里去啦。啊！我看到了你的鼻子，可是不知道应该把它丢给哪一条狗吃。

凯西奥 好，我只好离开她。

伊阿古 啊！瞧，她来了。

凯西奥 好一头抹香粉的臭猫！

❖比恩卡上

凯西奥 你这样到处盯着我不放，是什么意思呀？

比恩卡 让魔鬼跟他的老娘盯着你吧！你刚才给我的那方手帕算是什么意思？我是个大傻瓜，才会把它收了下来。叫我描下那花样！真好看的花样，居然让你在你的寝室里找到它，却不知道是谁把它丢在了那边！这一定是哪一个贱丫头送给你的东西，却叫我描下它的花样来！拿去，还给你那个相好吧。随你从什么地方得到这方手帕，我可不高兴描下它的花样。

凯西奥 怎么，我的亲爱的比恩卡！怎么！怎么！

奥瑟罗 【旁白】天哪，那该是我的手帕哩！

比恩卡 今天晚上你要是愿意来吃饭，尽管来吧；要是不愿意来，等你下回有兴致的时候再来吧。

❖下

伊阿古 追上去，追上去。

凯西奥 真的，我必须追上去，否则她会沿街骂人的。

伊阿古 你预备到她家里去吃饭吗？

凯西奥 是的，我想去。

伊阿古 好，也许我会再碰见你；因为我很想跟你谈谈。

凯西奥 请你一定来吧。

伊阿古 得啦，别多说啦。

❖凯西奥下

奥瑟罗 【**趋前**】伊阿古，我应该怎样杀死他？

伊阿古 您看见他一听到人家提起他的丑事，就笑得多么高兴吗？

奥瑟罗 啊，伊阿古！

伊阿古 您还看到了那方手帕吗？

奥瑟罗 那就是我的吗？

伊阿古 我可以举手起誓，那是您的。瞧他多么看得起您那位痴心的太太！她把手帕送给他，他却拿去给了他的娼妇。

奥瑟罗 我要用九年的时间慢慢儿地磨死她。一个高雅的女人！一个美貌的女人！一个温柔的女人！

伊阿古 不，您必须忘掉那些。

奥瑟罗 嗯，让她今夜腐烂、死亡、堕入地狱吧，因为她不能再活在世上。不，我的心已经变成铁石了。我打它，反而打痛了我的手。啊！世上没有一个比她更可爱的东西了。她可以睡在一个皇帝的身边，命令他干无论什么事。

伊阿古 您素来不是这个样子的。

奥瑟罗 让她死吧！我不过在说她是怎么样的一个人。她的针线活儿是这样精妙！一个出色的音乐家！啊，她唱起歌来，可以驯服一只野熊的心！她的心思才智，又是这样敏慧多能！

伊阿古 就是因为她这样多才多艺，干出这种丑事来，才格外叫人气恼。

奥瑟罗 啊！要坏一千倍、一千倍！但她的性格又是这样温柔！

伊阿古 嗯，太温柔了。

奥瑟罗 对啦，一点不错。可是，伊阿古，可惜！啊！伊阿古！伊阿古！太可惜啦！

伊阿古 要是您对于一个失节之妇，还是这样恋恋不舍，那么索性采取放任主义吧；因为既然您自己也不以为意，当然更不干别人的事。

奥瑟罗 我要把她剁成一堆肉酱。叫我当一个王八！

伊阿古 啊，她太不顾羞耻啦！

奥瑟罗 跟我的部将通奸！

伊阿古 那尤其可恶。

奥瑟罗 给我弄些毒药来，伊阿古。今天晚上。我不想跟她多费唇舌，免得她的肉体和美貌再打动了我的心。今天晚上，伊阿古。

伊阿古 不要用毒药，在她床上扼死她，就在那被她玷污了的床上。

奥瑟罗 好，好；那是一个大快人心的处置，很好。

伊阿古 至于凯西奥，让我去取他的命吧；您在午夜前后，一定可以听到消息。

奥瑟罗 好极了。**【内喇叭声】**那是什么喇叭的声音？

伊阿古 一定是从威尼斯来了什么人。——是罗多维科奉公爵之命到这儿来了。瞧，您那位太太也跟他在一起。

❖罗多维科、苔丝狄蒙娜及侍从等上

罗多维科 上帝保佑您，尊贵的将军！

奥瑟罗 祝福您，大人。

罗多维科 公爵和威尼斯的元老们问候您安好。**【将信交奥瑟罗】**

奥瑟罗 我敬吻他们的恩命。【拆信阅读】

苔丝狄蒙娜 罗多维科大哥，威尼斯有什么消息？

伊阿古 我很高兴看见您，大人；欢迎您到塞浦路斯来！

罗多维科 谢谢。凯西奥副将好吗？

伊阿古 他还健在，大人。

苔丝狄蒙娜 大哥，他跟我的丈夫闹了点儿别扭；可是您可以使他们言归于好。

奥瑟罗 你有把握吗？

苔丝狄蒙娜 您怎么说，我的主？

奥瑟罗 【读信】“务必照办为要，不得有误。”

罗多维科 他没有回答，他正在忙着读信。将军跟凯西奥果然有了冲突吗？

苔丝狄蒙娜 有了很激烈的冲突，为了我对凯西奥所抱的好感，我很愿意尽力调解他们。

奥瑟罗 该死！

苔丝狄蒙娜 您怎么说，我的主？

奥瑟罗 你聪明吗？

苔丝狄蒙娜 什么！他生气了吗？

罗多维科 也许这封信激怒了他，因为照我猜想起来，他们是要召唤他回国，叫凯西奥代理他的职务。

苔丝狄蒙娜 真的吗？那好极了。

奥瑟罗 当真！

苔丝狄蒙娜 您怎么说，我的主？

奥瑟罗 你要是发了疯，我才高兴。

苔丝狄蒙娜 为什么，亲爱的奥瑟罗？

奥瑟罗 魔鬼！**【击苔丝狄蒙娜】**

苔丝狄蒙娜 我没有错处，您不该这样对待我。

罗多维科 将军，我要是把这回事告诉威尼斯人，即使发誓说我亲眼看见，他们也一定不会相信我。这太过分了；向她赔罪吧，她在哭了。

奥瑟罗 啊，魔鬼！魔鬼！要是妇人的眼泪有滋生化育的力量，她的每一滴泪，都会变成一条鳄鱼。走开，不要让我看见你！

苔丝狄蒙娜 我不愿留在这儿害您生气。**【欲去】**

罗多维科 真是一位顺从的夫人。将军，请您叫她回来吧。

奥瑟罗 夫人！

苔丝狄蒙娜 我的主？

奥瑟罗 大人，您要跟她说些什么话？

罗多维科 谁？我吗，将军？

奥瑟罗 嗯，您要我叫她转来，现在她转过来了。她会转来转去，走一步路回一个身。她还会哭，大人，她还会哭。她是非常顺从的，正像您所说，非常顺从。尽管流你的眼泪吧。大人，这信上的意思——好一股装腔作势的劲儿！——是要叫我回去——你去吧，等会儿我再叫人来唤你——大人，我服从他们的命令，不日就可以束装上路，回到威尼斯去——去！滚开！**【苔丝狄蒙娜下】**凯西奥可以接替我的位置。今天晚上，大人，我还要请您共进晚餐。欢迎您到塞浦路斯来！——山羊和猴子！

❖下

罗多维科 这就是为我们整个元老院所同声赞叹、称为全才全德的那位英勇的摩尔人吗？这就是那喜怒之情所不能震撼的高贵的天性吗？那命运的箭矢所不能擦伤穿破的坚定的德操吗？

伊阿古 他已经大大变了样子啦。

罗多维科 他的头脑没有毛病吗？他的神经是不是有点错乱？

伊阿古 照他现在这种情形看起来，我实在不敢说他还会变成怎么一个样子。但愿不至于此！

罗多维科 什么！打他的妻子！

伊阿古 真的，那可不大好；可是我但愿知道他对她没有比这更暴虐的行为！

罗多维科 他一向都是这样的吗？还是因为信上的话激怒了他，才会有这种以前所没有的过失？

伊阿古 唉！唉！按着我的地位，我实在不便把我所看见所知道的一切说出口来。您不妨留心注意他，他自己的行动就可以说明一切，用不着我多说了。请您跟上去，看他还会翻出什么花样来。

罗多维科 他竟是这样一个人，真使我大失所望啊。

❖同下

第二场

城堡中一室

❖奥瑟罗及爱米利娅上

奥瑟罗 那么你没有看见什么吗？

爱米利娅 没有看见，没有听见，也没有疑心到。

奥瑟罗 你不是看见凯西奥跟她在一起吗？

爱米利娅 可是我不知道那有什么不对，而且我听见他们两人所说的每一个字。

奥瑟罗 什么！他们从来不曾低声耳语吗？

爱米利娅 从来没有，将军。

奥瑟罗 也不曾打发你走开吗？

爱米利娅 没有。

奥瑟罗 没有叫你去替她拿扇子、手套、脸罩，或是其他东西吗？

爱米利娅 没有，将军。

奥瑟罗 那可奇怪了。

爱米利娅 将军，我敢用我的灵魂打赌她是贞洁的。要是您疑心她有非礼的行为，赶快清理掉这种思想吧，因为那是您心理上的一个污点。要是哪一个混蛋把这种思想放进您的脑袋里，就让上天罚他变成一条蛇，受永远的诅咒！假如她不是贞洁、贤淑和忠诚的，那么世上没有一个幸福的男人了。最纯洁的妻子，也会变成最丑恶的淫妇。

奥瑟罗 叫她到这儿来，去。【爱米利娅下】她的话说得很动听；可是这种做惯王婆[①]的人，都是天生的利嘴。这是一个狡猾的淫妇，一肚子千刁万恶，当着人却会跪下来向天祈祷；我看见过她这一种手段。

❖爱米利娅偕苔丝狄蒙娜重上

苔丝狄蒙娜 我的主，您有什么吩咐？

奥瑟罗 过来，乖乖。

---

① 王婆：在《水浒传》中，王婆曾撮合西门庆与潘金莲勾搭成奸。此处指“拉皮条”。

苔丝狄蒙娜 您要我怎么样？

奥瑟罗 让我看看你的眼睛，瞧着我的脸。

苔丝狄蒙娜 这是什么古怪的念头？

奥瑟罗 【向爱米利娅】你去干你的事吧，奶奶；把门关了，让我们两人在这儿谈谈心。要是有人来了，你就在门口咳嗽一声。干你的贵营生去吧；快，快！

❖爱米利娅下

苔丝狄蒙娜 我跪在您的面前，请您告诉我您这些话是什么意思？我知道您在生气，可是我不懂您的话。

奥瑟罗 嘿，你是什么人？

苔丝狄蒙娜 我的主，我是您的妻子，您的忠贞不贰的妻子。

奥瑟罗 来，发一个誓，让你自己死后下地狱吧；因为你的外表太像一个天使了，倘不是在不贞之上，再加一重伪誓的罪名，也许魔鬼们会不敢抓你下去的；所以发誓说你是贞洁的吧。

苔丝狄蒙娜 天知道我是贞洁的。

奥瑟罗 天知道你是像地狱一样淫邪的。

苔丝狄蒙娜 我的主，我对谁干了欺心的事？我跟哪一个人有不端的行为？我怎么是淫邪的？

奥瑟罗 啊，苔丝狄蒙娜！去！去！去！

苔丝狄蒙娜 唉，不幸的日子！——您为什么哭？您的眼泪是为我而流的吗，我的主？要是您疑心这次奉召回国，是我父亲的主意，请您不要怪我。您固然失去了他的好感，我也已经失去他的慈爱了。

奥瑟罗 要是上天的意思，让我历受种种的折磨；要是他把诸般痛苦和耻辱降在我的毫无防卫的头上，把我浸没在贫困的泥沼里，剥夺我的一切自由和希望，我也可以在我的灵魂的一隅之中，找到一滴忍耐的甘露。可是唉！在这尖酸刻薄的世上，做一个被人戟指笑骂的目标！那还可以容忍。可是我的心灵失去了归宿，我的生命失去了寄托，我的活力的源泉，变成了蛤蟆们繁育生息的污地！忍耐，你这朱唇韶颜的天婴啊，转变你的脸色，让它化成地狱般的狰狞吧。

苔丝狄蒙娜 我希望我在我的尊贵的夫主眼中，是一个贤良贞洁的妻子。

奥瑟罗 啊，是的，就像夏天肉铺里的苍蝇一样贞洁，飞来飞去撒它的卵子。你这野草闲花啊！你的颜色是这样娇美，你的香气是这样芬芳，人家看见你嗅到你就会心疼。但愿你从不曾来到这人世间！

苔丝狄蒙娜 唉！我究竟犯了些什么连我自己也不知道的罪恶呢？

奥瑟罗 这一张皎洁的白纸，这一本美丽的书册，是要让人家写上“娼妓”两个字的吗？犯了什么罪恶！啊，你这人尽可夫的娼妇！我只要一说起你所干的事，我的两颊就会变成两座熔炉，把廉耻烧为灰烬。犯了什么罪恶！天神见了它要掩鼻而过；月亮看见了要羞得闭上眼睛；碰见什么都要亲吻的淫荡的风，也静悄悄地躲在岩窟里面，不愿听见人家提起它的名字。犯了什么罪恶！不要脸的娼妇！

苔丝狄蒙娜 天啊，您不该这样侮辱我！

奥瑟罗 你不是一个娼妇吗？

苔丝狄蒙娜 不，我发誓我不是，否则我就不是一个基督徒。要是为我的主保持这一个清白的身子，不让淫邪的手把它污毁，要是这样的行为可以使我免去娼妇的恶名，那么我就不是娼妇。

奥瑟罗 什么！你不是一个娼妇吗？

苔丝狄蒙娜 不，否则我死后没有得救的希望。

奥瑟罗 真的吗？

苔丝狄蒙娜 啊！上天饶恕我们！

奥瑟罗 那么我真是多多冒昧了，我还以为你就是那个嫁给奥瑟罗的威尼斯的狡猾的娼妇哩。——喂，你这位刚刚和圣彼得[1]干着相反的差使的，看守地狱门户的奶奶！

❖爱米利娅重上

奥瑟罗 你，你，对了，你！我们的谈话已经完毕。这几个钱是给你作为酬劳的；请你开了门上的锁，不要泄露我们的秘密。

❖下

爱米利娅 唉！这位老爷的脑子里究竟在转些什么念头呀？您怎么啦，夫人？您怎么啦，我的好夫人？

苔丝狄蒙娜 我是在半醒半睡之中。

---

① 圣彼得：圣彼得是耶稣的十二门徒之一，负责保管进入天国的钥匙。

爱米利娅 好夫人，我的主到底有些什么心事？

苔丝狄蒙娜 谁？

爱米利娅 我的主呀，夫人。

苔丝狄蒙娜 谁是你的主？

爱米利娅 我的主就是你的丈夫，好夫人。

苔丝狄蒙娜 我没有丈夫。不要对我说话，爱米利娅。我不能哭，我没有话可以回答你，除了我的眼泪。请你今夜把我结婚的被褥铺在我的床上，记好了；再去替我叫你的丈夫来。

爱米利娅 真是变了，变了！

❖下

苔丝狄蒙娜 我应该受到这样的待遇，全然是应该的。我究竟有些什么不检的行为——哪怕只是一丁点儿，才会引起他的猜疑呢？

❖爱米利娅率伊阿古重上

伊阿古 夫人，您有什么吩咐？您怎么啦？

苔丝狄蒙娜 我不知道。小孩子做了错事，做父母的总是用温和的态度、轻微的责罚教训他们。他也应该这样责备我，因为我是一个娇养惯了的孩子，不惯受人家责备的。

伊阿古 怎么一回事，夫人？

爱米利娅 唉！伊阿古，将军口口声声骂她娼妇，用那样难堪的名字加在她的身上，稍有人性的人听见了都不能忍受。

苔丝狄蒙娜 我应该得到那样一个称呼吗，伊阿古？

伊阿古 什么称呼，好夫人？

苔丝狄蒙娜 就是她说我的主称呼我的那种名字。

爱米利娅 他叫她娼妇。一个喝醉了酒的叫花子，也不会把这种名字加在他的姘妇身上。

伊阿古 为什么他要这样？

苔丝狄蒙娜 我不知道，我相信我不是那样的女人。

伊阿古 不要哭，不要哭。唉！

爱米利娅 多少名门贵族向她求婚，她都拒绝了。她抛下了老父，离乡背井，远别亲友，结果却只讨到他骂的一声娼妇吗？这还不叫人伤心吗？

苔丝狄蒙娜 都是我自己命薄。

伊阿古 岂有此理！他怎么会起这种心思的。

苔丝狄蒙娜 天才知道。

爱米利娅 我可以打赌，一定有一个万劫不复的恶人，一个爱管闲事、鬼讨好的家伙，一个说假话骗人的奴才，因为想钻求差使，才造出这样的谣言来。要是我的话说得不对，我愿意让人家把我吊死。

伊阿古 呸！哪里有这样的人？一定不会的。

苔丝狄蒙娜 要是果然有这样的人，愿上天宽恕他！

爱米利娅 宽恕他！一条绳子箍住他的颈项，地狱里的恶鬼咬碎他的骨头！他为什么叫她娼妇？谁跟她在一起？什么地方？什么时候？什么方式？什么根据？这摩尔人一定是上了不知哪一个千刁万恶的坏人的当，上了一个下流的大混蛋、一个卑鄙的家伙的当。天啊！愿你揭破这种家伙的嘴脸，让每一个老实人的手里都拿一根鞭子，把这些混蛋们脱光了衣服抽一顿，从东方一直抽到西方！

伊阿古 别嚷得给外边都听见了。

爱米利娅 哼，可恶的东西！前回弄昏了你的头，使你疑心我跟这摩尔人有暧昧的，也就是这种小人。

伊阿古 好了，好了。你真是个傻瓜。

苔丝狄蒙娜 好伊阿古啊，我应当怎样重新取得我的丈夫的欢心呢？好朋友，替我向他解释解释；因为凭着天上的太阳起誓，我实在不知道我怎么会失去他的宠爱。我对天下跪，要是在思想上、行动上，我曾经有意背弃他的爱情；要是我的眼睛、我的耳朵或是我的任何感觉，曾经对别人发生爱悦；要是我在过去、现在和将来，不是那样始终深深地爱着他，即使他把我弃如敝屣，也不因此而改变我对他的忠诚；要是我果然有那样的过失，愿我终身不能享受快乐的日子！无情可以给人重大的打击；他的无情也许会摧残我的生命，可是永不能毁坏我的爱情。我不愿提起“娼妇”两个字，一说到它就会使我心生憎恶，更不用说亲自去干那博得这种丑名的行为了。整个世界的荣华也不能诱动我。

伊阿古 请您宽心，这不过是他一时心绪恶劣，在国事方面受了点刺激，所以跟您怄起气来啦。

苔丝狄蒙娜 要是没有别的原因——

伊阿古 只是为了这个，我可以保证。**【喇叭声】** 听！喇叭在吹晚餐的信号了，威尼斯的使者在等候进餐。进去，不要哭；一切都会圆满解决的。

❖苔丝狄蒙娜、爱米利娅下

❖洛特利哥上

伊阿古 啊，洛特利哥！

洛特利哥 我看你全然在欺骗我。

伊阿古 我怎么欺骗你？

洛特利哥 伊阿古，你每天在我面前捣鬼，把我支吾过去。照我现在看来，你非但不给我开一扇方便之门，反而使我的希望一天一天渺茫下去。我实在再也忍不住了。为了自己的愚蠢，我已经吃了不少的苦，这一笔账我也不能就此善罢甘休。

伊阿古 你愿意听我说吗，洛特利哥？

洛特利哥 哼，我已经听得太多了；你的话和行动是不相符合的。

伊阿古 你太冤枉人啦。

洛特利哥 我一点没有冤枉你。我的钱都花光啦。你从我手里拿去送给苔丝狄蒙娜的珠宝，即使一个圣徒也会被它诱惑的。你对我说她已经收下了，告诉我不久就可以得到喜讯，可是到现在还不见一点动静。

伊阿古 好，算了；很好。

洛特利哥 很好！算了！我不能就此算了，朋友；这事情也不很好。我举手起誓，这种手段太卑鄙了；我开始觉得我自己受了骗了。

伊阿古 很好。

洛特利哥 我告诉你这事情不很好。我要亲自去见苔丝狄蒙娜，要是她肯把我的珠宝还我，我愿意死了这片心，忏悔我这种非礼的追求；要不然的话，你留心点儿吧，我一定要跟你算账。

伊阿古 你现在把话说完了吧？

洛特利哥 嗯，我的话都是说过就做的。

伊阿古 好，现在我才知道你是一个有骨气的人；从这一刻起，你已经使我比从前加倍看重你了。把你的手给我，洛特利哥。你责备我的话，都非常有理；可是我还要声明一句，我替你干这件事情，的的确确是尽忠竭力，不敢昧一分良心。

洛特利哥 那还没有事实的证明。

伊阿古 我承认还没有事实的证明，你的疑心不是没有理由的。可是，洛特利哥，要是你果然有决心，有勇气，有胆量——我现在相信你一定有的——今晚你就可以表现出来；要是明天夜里你不能享用苔丝狄蒙娜，你可以用任何恶毒的手段、暴虐的刑具，取去我的生命。

洛特利哥 好，你要我怎么干？是说得通做得到的事吗？

伊阿古 老兄，威尼斯已经派了专使来，叫凯西奥代替奥瑟罗的职位。

洛特利哥 真的吗？那么奥瑟罗和苔丝狄蒙娜都要回到威尼斯去了。

伊阿古 啊，不，他要到毛里塔尼亚去，把那美丽的苔丝狄蒙娜一起带走，除非这儿出了什么事，使他耽搁下来。最好的办法是把凯西奥除掉。

洛特利哥 你说把他除掉是什么意思？

伊阿古 砸碎他的脑袋，让他不能担任奥瑟罗的职位。

洛特利哥 那就是你要我去干的事吗？

伊阿古 嗯，要是你敢做一件对你自己有利益的事。他今晚在一个妓女家里吃饭，我也要到那儿去见他。现在他还不知道他自己的命运。我可以设法让他在十二点钟到一点钟之间从那儿出来，你只要留心在门口守候，就可以照你的意思把他处置。我就在附近接应你，他在我们两人之间一定逃不了。来，不要发呆，跟我去。我可以告诉你为什么他的死是必要的，你听了就会知道这是你的一件无可推辞的行动。现在正是晚餐的时候，夜过去得很快，准备起来吧。

洛特利哥 我还要听一听你要叫我这样做的理由。

伊阿古 我一定可以向你解释明白。

❖同下

第三场

城堡中另一室

❖奥瑟罗、罗多维科、苔丝狄蒙娜、爱米利娅及侍从等上

罗多维科 将军请留步吧。

奥瑟罗 啊，没有关系；散散步对我也是很好的。

罗多维科 夫人，晚安；谢谢您的盛情邀请。

苔丝狄蒙娜 我们十分欢迎您的到来。

奥瑟罗 请吧，大人。啊！苔丝狄蒙娜——

苔丝狄蒙娜 我的主?

奥瑟罗 你快进去睡吧，我马上就会回来的。不要忘记把你的侍女们打发开了。

苔丝狄蒙娜 是，我的主。

❖奥瑟罗、罗多维科及侍从等下

爱米利娅 怎么？他现在的脸色温和得多啦。

苔丝狄蒙娜 他说他就会回来的。他叫我去睡，还叫我把你遣开。

爱米利娅 把我遣开！

苔丝狄蒙娜 这是他的吩咐；所以，好爱米利娅，把我的睡衣给我，你去吧，我们现在不能再惹他生气了。

爱米利娅 我希望您从未遇见过他！

苔丝狄蒙娜 我却不希望这样；我是那么喜欢他，即使是他的固执、他的呵斥、他的怒容——请你替我取下衣上的扣针——在我看来也是可爱的。

爱米利娅 我已经照您的吩咐，把那些被褥铺好了。

苔丝狄蒙娜 很好。天哪！我们是多么傻！要是我比你先死，请你就把那些被褥做我的殓衾。

爱米利娅 得啦得啦，您在说呆话。

苔丝狄蒙娜 我的母亲有一个侍女名叫巴巴拉，她跟人家谈了恋爱。她的爱人发了疯，把她丢了。她有一支《杨柳歌》，那是一支古老的曲调，可是正好说中了她的命运；她到死的时候，嘴里还在唱着它。那支歌今天晚上老是萦回在我的脑畔；我的烦乱的心绪，使我禁不住侧下我的头，学着可怜的巴巴拉的样子歌唱。请你赶快点儿。

爱米利娅 我要不要就去把您的睡衣拿来?

苔丝狄蒙娜 不，先替我取下这儿的扣针。这个罗多维科是一个俊美的男子。

爱米利娅 一个很漂亮的人。

苔丝狄蒙娜 他的谈吐很好。

爱米利娅 我知道威尼斯有一个女郎，愿意赤脚行到巴勒斯坦，就为了碰一碰他的下唇。

苔丝狄蒙娜 【唱】

可怜的她坐在枫树下啜泣，
歌唱那青青杨柳；
她手抚着胸膛，她低头靠膝，
唱杨柳，杨柳，杨柳。
清澈的流水吐出她的呻吟，
唱杨柳，杨柳，杨柳。
她的热泪溶化了顽石的心——
把这些放在一旁。——【唱】
唱杨柳，杨柳，杨柳。

快一点，他就要来了——【唱】

青青的柳枝编成一顶翠环；

不要怪他，我甘心受他笑骂——

不，下面一句不是这样的。听！谁在打门？

爱米利娅 是风哩。

苔丝狄蒙娜 【唱】

我叫情哥负心郎，他又怎讲？

唱杨柳，杨柳，杨柳。

我见异思迁，由你另换情郎。

你去吧，晚安。我的眼睛在跳，那是哭泣的预兆吗？

爱米利娅 没有这样的事。

苔丝狄蒙娜 我听见人家这样说。啊，这些男人！这些男人！凭你的良心说，爱米利娅，你想世上有没有背着丈夫干这种坏事的女人？

爱米利娅 怎么没有？

苔丝狄蒙娜 你愿意为了整个世界的财富而干这种事吗？

爱米利娅 难道您不愿意吗？

苔丝狄蒙娜 不，凭着天上的月光起誓！你愿意为了整个世界而干这种事吗？

爱米利娅 世界是一件很大的东西，用一件小小的坏事换得整个世界，付出这样的代价是值得的。

苔丝狄蒙娜 真的，我想你不会。

爱米利娅 真的，我想我应该干的。为了一枚对合的戒指、几亩草地或是几件衣服、几件裙子、一两顶帽子，以及诸如此类的小玩意儿而叫我干这种事，我当然不愿意；可是为了整个世界，谁不愿意出卖自己的贞操，让她的丈夫做一个皇帝呢？我就是因此而下炼狱，也是甘心的。

苔丝狄蒙娜 我要是为了整个世界，会干出这种丧心病狂的事来，一定不得好死。

爱米利娅 世间的是非本来没有定准；您因为干了一件错事而得到了整个世界，在您自己的世界里，您还不能把是非颠倒过来吗？

苔丝狄蒙娜 我想世上不会有那样的女人的。

爱米利娅 愿意做这种赌博的女人多着呢，足以把她们用风流韵事换来的世界塞满了。照我想来，妻子的堕落总是丈夫的过失。要是他们疏忽了自己的责任，把我们所珍爱的东西浪掷在外人的怀里，或是无缘无故吃起醋来，约束我们行动的自由，或是殴打我们，削减我们的花粉钱，我们也是有脾气的。虽然生就温柔的天性，到了一个时候也是会复仇的。让做丈夫的人们知道，他们的妻子也和他们有同样的感觉：她们的眼睛也能辨别美恶，她们的鼻子也能辨别香臭，她们的舌头也能辨别甜酸，正像她们的丈夫们一样。他们厌弃了我们，别寻新欢，是为了什么呢？是逢场作戏吗？我想是的。是因为爱情的驱使吗？我想也是的。还是因为喜新厌旧的人之常情呢？那也是一个理由。那么难道我们就不会对别人发生爱情，难道我们就没有逢场作戏的欲望，难道我们就不会喜新厌旧，跟男人们一样吗？所以让他们好好儿地对待我们吧；否则我们要让他们知道，我们所干的坏事都是出于他们的指教。

苔丝狄蒙娜 晚安，晚安！愿上天监视我们的言行。我不愿以恶为师，我只愿鉴非自警！

❖各下

第五幕

紧压茶

第一场

塞浦路斯　街道

❖伊阿古及洛特利哥上

伊阿古　来，站在这座披屋[①]后面，他就会来的。把你的宝剑拔出鞘，看准要害刺过去。快，快，不要怕，我就在你旁边。是成是败，在此一举，你得下定决心。

洛特利哥　不要走开，也许我会失手。

伊阿古　我就在这儿，你的近旁。胆子放大些，站定了。**【退后】**

洛特利哥　我对于这件事情不是顶热心，可是他讲的理

① 披屋：与正房两侧或后面相连的小房子。

由十分充足。反正不过干掉一个人。出来，我的剑；他必须死！

伊阿古 我已经激怒这小脓包的心，他居然动起怒来了。不管是他杀死凯西奥，还是凯西奥杀死他，或者两败俱伤，对于我都是有好处的。要是洛特利哥活在世上，他总有一天要向我讨还那许多我从他手里干没[①]下来，说是送给苔丝狄蒙娜的金银珠宝；这可断断不能。要是凯西奥活在世上，他那样风度翩翩，我每天都要在他的旁边相形见绌；而且那摩尔人万一向他当面质问起来，我的阴谋就会暴露，那时候我的处境就非常危险了。不，他非死不可。就这样吧。我听见他来了。

❖凯西奥上

洛特利哥 我认识他走路的姿势，正是他。——恶人，你给我死吧！**【挺剑刺凯西奥】**

凯西奥 幸亏我穿着一身好铠甲，否则那一剑一定会致我于死地。让我也来试一试你的铠甲牢不

---

① 干没：侵吞他人财物。

牢吧。【**拔剑刺伤洛特利哥**】

洛特利哥 啊，我死了！

❖伊阿古自后刺伤凯西奥腿，下

凯西奥 我从此终身残废了！救命啊！杀了人啦！杀了人啦！【**倒地**】

❖奥瑟罗自远处上

奥瑟罗 是凯西奥的声音。伊阿古果然没有失信。

洛特利哥 啊，我真是个恶人！

奥瑟罗 一点不错。

凯西奥 啊，救命哪！拿火来！找一个医生！

奥瑟罗 正是他。勇敢正直的伊阿古啊，你这样奋不顾身，为你的朋友复仇雪耻，真是难得！你给我一个教训了。贱人，你心爱的人已经死在这儿，你的末日就在眼前；娼妇，我来了！从我的心头抹去你的媚眼的魔力，让淫邪的血溅洒你那被淫邪玷污了的枕席吧！

❖下

❖罗多维科及葛莱西安诺自远处上

凯西奥 喂！怎么！没有巡夜的逻卒？没有过路的行人？杀了人啦！杀了人啦！

葛莱西安诺 出了什么乱子啦？这叫声很是凄惨。

凯西奥 救命啊！

罗多维科 听！

洛特利哥 啊，该死的恶人！

罗多维科 两三个人在那儿呻吟。这是一个很阴沉的黑夜；也许他们是故意假装出来的，我们人手不足，冒冒失失过去，恐怕不大安全。

洛特利哥 没有人来吗？那么我要流血而死了！

罗多维科 听！

❖伊阿古持火炬重上

葛莱西安诺 有一个人穿着衬衫，一手拿火、一手举着武器来了。

伊阿古 那边是谁？什么人在那儿喊杀人？

罗多维科 我们不知道。

伊阿古 你们听见喊叫声了吗？

凯西奥 这儿，这儿！看在上天的面上，救救我！

伊阿古 怎么一回事？

葛莱西安诺 这个人好像是奥瑟罗麾下的旗官。

罗多维科 正是，一个很勇敢的汉子。

伊阿古 你是什么人，在这儿叫喊得这样凄惨？

凯西奥 伊阿古吗？啊，我被恶人算计，他害得我不能做人啦！救救我！

伊阿古 哎哟，副将！这是什么恶人干的事？

凯西奥 我想有一个暴徒还在这儿，他逃不了。

伊阿古 啊，可恶的奸贼！【**向罗多维科、葛莱西安诺**】你们是什么人？过来帮帮忙。

洛特利哥 啊，救救我！我在这儿。

凯西奥 他就是恶党中的一人。

伊阿古 好一个杀人的凶徒！啊，恶人！【**刺洛特利哥**】

洛特利哥 啊，万恶的伊阿古！没有人心的狗！

伊阿古 在暗地里杀人！这些凶恶的贼党都在哪儿？这地方多么寂静！喂！杀了人啦！杀了人啦！你们是什么人？是好人还是坏人。

罗多维科 请你自己判断我们吧。

伊阿古 罗多维科大人吗？

罗多维科 正是，老兄。

伊阿古 恕我失礼了。这是凯西奥，被恶人们刺伤，倒在地上。

葛莱西安诺 凯西奥！

伊阿古 怎么样，兄弟？

凯西奥 我的腿断了。

伊阿古 哎哟，罪过罪过！两位先生，请替我点火，我要用我的衫子把它包扎起来。

❖比恩卡上

比恩卡 喂，什么事？谁在这儿叫喊？

伊阿古 谁在这儿叫喊！

比恩卡 哎哟，我的亲爱的凯西奥！我的温柔的凯西奥！啊，凯西奥！凯西奥！凯西奥！

伊阿古 哼，你这声名狼藉的娼妇！凯西奥，照你猜想起来，向你下这样毒手的大概是些什么人？

凯西奥 我不知道。

葛莱西安诺 我正要找你来，谁料你会遭逢这样的祸事，真是恼人！

伊阿古 借给我一条吊袜带。好。啊，要是有一张椅子，让他舒舒服服躺在上面，把他抬去才好！

比恩卡 哎哟，他晕过去了！啊，凯西奥！凯西奥！凯西奥！

伊阿古 两位先生，我很疑心这个贱人也是那些凶徒们的同党。——忍耐点儿，好凯西奥。——来，来，借我一个火。我们认不认识这一张面孔？哎哟！是我的同国好友洛特利哥吗？不。唉，果然是他！天哪！洛特利哥！

葛莱西安诺 什么！威尼斯的洛特利哥吗？

伊阿古 正是他，先生；你认识他吗？

葛莱西安诺 认识他！我怎么不认识他！

伊阿古 葛莱西安诺先生吗？请您原谅，这些流血的惨剧，使我礼貌不周，失敬得很。

葛莱西安诺 哪儿的话，我很高兴看见您。

伊阿古 你怎么啦，凯西奥？啊，来一张椅子！来一张椅子！

葛莱西安诺 洛特利哥！

伊阿古 他，他，正是他。**【从者携椅上】**啊！很好，椅子。几个人把他小心抬走，我就去找军医官来。**【向比恩卡】**你，奶奶，你也不用装腔作势啦。——凯西奥，死在这儿的这个人是我的好朋友。你们两人有什么仇恨？

凯西奥 一点没有，我根本不认识这个人。

伊阿古 **【向比恩卡】**什么！你脸色变白了吗？——啊！把他抬进屋子里去。**【众人舁凯西奥、洛特利哥二人下】**等一等，两位先生。奶奶？你脸色变白了吗？你们看见她眼睛里这一丝惊慌了吗？哼，要是你这样睁大了眼睛，我们还要等着听一些新鲜的话哩。留心瞧着她。你们瞧，你们看见了吗，两位先生？哼，犯了罪的人，即使舌头僵住了，也会不打自招的。

❖爱米利娅上

爱米利娅 唉！出了什么事啦？出了什么事啦，丈夫？

伊阿古 凯西奥在这黑暗之中，被洛特利哥和几个在逃的同党袭击；他几乎送了性命，洛特利哥已经死了。

爱米利娅 哎哟，好一位绅士！哎哟，好凯西奥！

伊阿古 这是他爱嫖的结果。爱米利娅，你去问问凯西奥，他今天晚上在什么地方吃饭的。——什么！你听了这句话就发抖吗？

比恩卡 他在我家里吃饭，可是我并没有因此而发抖。

伊阿古 噢，他在你家里吃饭？你跟我走！

爱米利娅 呸，呸，你这不要脸的娼妇！

比恩卡 我不是娼妇，我跟你一样清白。

爱米利娅 跟我一样清白！呸！不要脸！

伊阿古 两位好先生，让我们去帮助帮助可怜的凯西奥，替他把伤口扎好。来，奶奶，你必须对我们讲老实话。爱米利娅，你快奔到城堡里去，告诉将军和夫人这儿发生了什么事。你们先请吧。【**旁白**】今夜是我的命运所寄，倘不能青云直上，就要一败涂地。

❖同下

第二场

城堡中的卧室

❖苔丝狄蒙娜睡床上，一灯照耀室内；奥瑟罗上

奥瑟罗 只是为了这个，只是为了这个，我的灵魂！纯洁的星星啊，让我不要向你们说出它的名字！只是为了这个……可是我不愿溅她的血，也不愿毁伤她那比白雪更皎洁、比石膏更腻滑的肌肤。可是她不能不死，否则她将要陷害更多的男子。让我熄灭了这一盏灯，然后我就熄灭你的生命的火焰。融融的灯光啊，我把你吹熄以后，要是我心生后悔，仍旧可以把你重新点亮；可是你，造化最精美

的典范啊，你的火焰一旦熄灭，我不知道什么地方有那天上的神火，能够燃起你原来的光彩！我摘下了蔷薇，就不能再给它已失的生机，只好让它枯萎凋谢；当它还在枝头的时候，我要嗅一嗅它的芳香。【**吻苔丝狄蒙娜**】啊，甘美的气息！你几乎诱动公道的心，使她折断她的利剑了！再一个吻，再一个吻。愿你到死都是这样；我要杀死你，然后再爱你。再一个吻，这是最后的一吻了；这样销魂，却又是这样无比的惨痛！我必须哭泣，然而这些是无情的眼泪。这阵阵悲伤是神圣的，因为它惩罚的正是它的最爱。她醒来了。

苔丝狄蒙娜 谁？奥瑟罗吗？

奥瑟罗 嗯，苔丝狄蒙娜。

苔丝狄蒙娜 您要睡了吗，我的主？

奥瑟罗 你今晚有没有祈祷过，苔丝狄蒙娜？

苔丝狄蒙娜 祈祷过了，我的主。

奥瑟罗 要是你想到在你的一生之中，还有什么罪恶不会为上帝所宽宥，赶快恳求他的恩赦吧。

苔丝狄蒙娜 哎哟！我的主，您这句话是什么意思？

奥瑟罗 嘿，祈祷吧，干脆点儿；我就在一旁等着你。我不愿杀害你的没有准备的灵魂；不，上天禁止这种罪行！我不愿杀害你的灵魂。

苔丝狄蒙娜 您在说杀人的话吗？

奥瑟罗 嗯，是的。

苔丝狄蒙娜 那么愿上天垂怜于我！

奥瑟罗 阿门，但愿如此！

苔丝狄蒙娜 要是您这样说，我希望您不至于把我杀死。

奥瑟罗 哼！

苔丝狄蒙娜 可是我怕您；因为您的眼珠这样滚转的时候，总是要杀人的。我不知道我为什么害怕，因为我不知道我有什么罪；可是我觉得害怕。

奥瑟罗 想想你的罪恶吧。

苔丝狄蒙娜 除非我对您的爱是罪恶，否则我不知道我有什么罪恶。

奥瑟罗 好，你必须因此而死。

苔丝狄蒙娜 为了爱而被杀，那样的死是违反人情的。唉！您为什么这样咬着您的下唇呢？一种饮血的欲念震撼您的全身，这便是它的征兆；可是我希望，我希望您的怒气不是对我而发。

奥瑟罗 闭嘴，不要作声！

苔丝狄蒙娜 是，可是请您告诉我究竟为了什么事？

奥瑟罗 你把我给你的那条我的心爱的手帕送给凯西奥。

苔丝狄蒙娜 不，凭着我的生命和灵魂起誓！您叫他来问好了。

奥瑟罗 好人儿，留心不要发伪誓；你的死已在眼前了。

苔丝狄蒙娜 不，我现在还不能死。

奥瑟罗 你必须立刻死，所以赶快坦白招认你的罪恶吧；即使你发誓这些事都不是真的，也不能除去那使我痛心的坚定的信念。你必须死。

苔丝狄蒙娜 那么愿上帝垂怜于我！

奥瑟罗 阿门。

苔丝狄蒙娜 愿您也大发慈悲！我这一生从未曾得罪过您，也从不曾将上天所不容的非分的爱情滥施在凯西奥的身上；我没有给过他什么东西。

奥瑟罗 苍天在上，我亲眼看见我的手帕在他的手里。欺罔神明的妇人！你使我的心变得坚硬；我本来想把你作为献祭的牺牲，现在却被你激起我的屠夫的恶念来了。我明明看见那手帕的。

苔丝狄蒙娜 那么是他在什么地方拾到的，我没有给他。叫他到这儿来，让他供认事实的真相。

奥瑟罗 他已经承认了。

苔丝狄蒙娜 承认什么，我的主？

奥瑟罗 承认他已经和你发生关系。

苔丝狄蒙娜 怎么？非法的关系吗？

奥瑟罗 嗯。

苔丝狄蒙娜 他不会这样说的。

奥瑟罗 是的，他的嘴已经闭住，正直的伊阿古已经把他解决了。

苔丝狄蒙娜 啊，我的恐惧竟成事实！什么！他死了吗？

奥瑟罗 即使他每一根头发里都有生命，我的复仇的怒火也会把它们一起吞下。

苔丝狄蒙娜 唉！他被人陷害，我的一生也从此断送了！

奥瑟罗 不要脸的娼妇！你当着我的面为他哭泣吗？

苔丝狄蒙娜 啊，我的主，把我放逐，可是不要杀我！

奥瑟罗 倒下，娼妇！

苔丝狄蒙娜 明天杀我，让我活过今天！

奥瑟罗 不，要是你想挣扎——

苔丝狄蒙娜 给我半点钟的时间！

奥瑟罗 已经决定了，没有挽回的余地。

苔丝狄蒙娜 可是让我作一次祷告吧！

奥瑟罗 太迟了。**【扼苔丝狄蒙娜咽喉】**

爱米利娅 **【在内】**将军，将军！喂！将军，将军！

奥瑟罗 这是什么声音？没有死吗？还没有完全死去吗？我虽然狠心，却还有几分慈悲；我不愿你多挨受一刻痛苦。好，好。**【刺苔丝狄蒙娜】**

爱米利娅 **【在内】**喂！将军，将军！

奥瑟罗 哪一个？

爱米利娅 **【在内】**啊，将军！我要跟您说句话儿。

奥瑟罗 是的，这是爱米利娅。——等一等。——她死了。她多半要来说起凯西奥的死。外边已经听得见嘈杂的声音。嘿！一动也不动了吗？像坟墓一样沉寂。要不要让她进来？妥当不妥当？我想她又在动了，不，怎么办呢？要是她进来，她一定要跟我的妻子说话。我的妻子！我的妻子！什么妻子？我没有妻子。啊，真叫人难堪！啊，不幸的时辰！我想现在日月应该晦暗不明，受惊的地球看见这种非常的灾变，也要吓得目瞪口呆。

爱米利娅　【在内】啊，好将军！请您让我进来对您说句话儿。

奥瑟罗　我忘记了。啊，进来，爱米利娅。慢点儿，等一等。让我把帐幕拉下来。你在哪儿？【启锁开门】

❖*爱米利娅上*

奥瑟罗　现在你有什么事？

爱米利娅　啊，好将军！那边出了杀人命案啦！

奥瑟罗　什么！现在？

爱米利娅　就是刚才，将军。

奥瑟罗　那都是因为月亮走错了轨道，比平常更接近地球，所以人们都发起疯来了。

爱米利娅　将军，凯西奥杀死了一个名叫洛特利哥的威尼斯青年。

奥瑟罗　洛特利哥被杀了！凯西奥也被杀了吗？

爱米利娅　不，凯西奥没有死。

奥瑟罗　凯西奥没有死！那么杀人认错了对象，痛快的复仇又变卦啦。

苔丝狄蒙娜　啊，死得好冤枉呀！

爱米利娅 哎哟！那是什么呼声？

奥瑟罗 那！什么？

爱米利娅 哎哟！那是夫人的声音。救命！救命啊！救命！啊，夫人，再说一声话儿！亲爱的苔丝狄蒙娜！啊，亲爱的夫人，说呀！

苔丝狄蒙娜 我是无罪而死的。

爱米利娅 啊！这是谁干的事？

苔丝狄蒙娜 谁也没有干，是我自己干的。再会吧，替我向我的仁慈的夫君致意。啊，再会吧！【**死**】

奥瑟罗 啊！她怎么会被人杀死的？

爱米利娅 唉！谁知道？

奥瑟罗 你听见她说是她自己干的，我没有杀死她。

爱米利娅 她是这样说，我只好按照事实去报告。

奥瑟罗 她到地狱的火焰里去，还不愿说一句真话。杀死她的是我。

爱米利娅 啊，那么她尤其是一个天使，你尤其是一个黑心的魔鬼了！

奥瑟罗 她干了无耻的事，她是个淫妇。

爱米利娅 你冤枉她，你是个魔鬼。

奥瑟罗 她像水一样轻浮。

爱米利娅 你说她轻浮，你自己才像火一样粗暴。啊，她是圣洁而忠贞的！

奥瑟罗 凯西奥和她通奸，不信你去问你的丈夫吧。啊，要是我采取这种极端的手段，并没有正当的理由，死后就要永远堕入地狱的底层！你的丈夫什么都知道。

爱米利娅 我的丈夫！

奥瑟罗 你的丈夫。

爱米利娅 他知道她不守贞节吗？

奥瑟罗 嗯，他知道她跟凯西奥有暧昧。嘿，要是她是个贞洁的妇人，即使上帝为我用一颗完整的宝石另外造一个世界，我也不愿用她去交换。

爱米利娅 我的丈夫！

奥瑟罗 嗯，是他最初告诉我这件事的。他是个正人君子，他痛恨卑鄙龌龊的行为。

爱米利娅 我的丈夫！

奥瑟罗 妇人，为什么把这句话说了又说呢？我是说你的丈夫。

爱米利娅 啊，夫人！你因为多情，受了奸人的愚弄了！我的丈夫说她不贞！

奥瑟罗 正是他，妇人，我说你的丈夫。你懂得这句话吗？我的朋友，你的丈夫，正直的，正直的伊阿古。

爱米利娅 要是他果然说了这样的话，愿他恶毒的灵魂每天一分一寸地糜烂！他全然是在胡说，她对于她的最卑鄙的男人是太痴心不过了。

奥瑟罗 嘿！

爱米利娅 随你把我怎么样吧。你配不上这样的好妻子，你这种行为是上天所不容的。

奥瑟罗 还不闭嘴！

爱米利娅 你没有半分可以伤害我的力量，我也不能让人家把我欺侮。啊，笨蛋！傻瓜！泥土一样蠢的家伙！你已经做了一件大大不该的事——我不怕你的剑；我要宣布你的罪恶，即使我将要因此而丧失二十条生命。救命！救命啊！救命！摩尔人杀死了夫人啦！杀了人啦！杀了人啦！

❖蒙泰诺、葛莱西安诺、伊阿古及余人等上

蒙泰诺 什么事？怎么，将军！

爱米利娅 啊！你来了吗，伊阿古？你做的好事，人家都把杀人的罪名架在你头上啦！

葛莱西安诺 什么事？

爱米利娅 你倘是个汉子，赶快否认这恶人所说的话吧；他说你告诉他他的妻子不贞。我知道你不会说这种话，你也不会是这样的一个恶人。说吧，我的心都要胀破了。

伊阿古 我不过把我自己的意思告诉他；我对他所说的话，已经由他自己证实了。

爱米利娅 可是你有没有对他说她是不贞的？

伊阿古 我对他说过。

爱米利娅 你说谎，一个可憎的、万恶不赦的谎！凭着我的灵魂起誓，一个谎，一个罪恶的谎！她跟凯西奥私通！你说她跟凯西奥私通吗？

伊阿古 跟凯西奥私通，太太。好了好了，收住你的舌头吧。

爱米利娅 我不愿收住我的舌头，我必须说话。夫人在这张床上给人谋杀了。

群　众 啊，哪会有这样的事！

爱米利娅 都是你造的谣言，引起这场血案。

奥瑟罗 各位不必惊慌，这事情是真的。

葛莱西安诺 真有这样的事，那可奇了！

蒙泰诺 啊，骇人的行为！

爱米利娅 诡计！诡计！诡计！我现在想起来了。啊，诡计！那时候我就有些怀疑，我要伤心死了！啊，诡计！诡计！

伊阿古 什么！你疯了吗？快给我回家去！

爱米利娅 各位先生，让我有一个说话的机会。照理我应该服从他，可是现在却不能服从他。也许，伊阿古，我永远不再回家了。

奥瑟罗 啊！啊！啊！【扑卧床上】

爱米利娅 哼，你躺下来哭叫吧；因为你已经杀死一个世间最温柔纯洁的人。

奥瑟罗 啊，她是淫污的！我简直不认识您啦，叔父。那边躺着您的侄女，她的呼吸刚才被我这双手扼断。我知道这个行为在世人眼中看起来是惊人而残酷的。

葛莱西安诺 可怜的苔丝狄蒙娜！幸亏你父亲已经死了。你的婚事是他致死的原因，悲伤摧折了他衰老的生命。要是他现在还活着，看见这种惨状，一定会干出一些疯狂的事情来的；他会诅咒天地，赶走守护神，毁灭自己的灵魂。

奥瑟罗 这诚然是一件伤心的事；可是伊阿古知道她曾经跟凯西奥干过许多回无耻的勾当，凯西奥自己也承认了。她还把我的定情礼物送给凯西奥，表示接受他的献媚。我看见它在他的手里。那是一方手帕，我的父亲给我母亲的一件古老的纪念品。

爱米利娅 天啊！天上的神明啊！

伊阿古 算了，闭上你的嘴！

爱米利娅 事情总会败露的，事情总会败露的。闭上我的嘴？不，不，我要像北风一样自由地说话；让天神、世人和魔鬼全都把我嘲骂羞辱，我也要说我的话。

伊阿古 放明白一些，回家去吧。

爱米利娅 我不愿回家。【**伊阿古拔剑欲刺爱米利娅**】

葛莱西安诺 呸！你向一个妇人动武吗？

爱米利娅 你这愚笨的摩尔人啊！你所说起的那方手帕，是我偶然拾到，把它给了我的丈夫的。虽然那只是一件小小的东西，他却几次三番恳求我替他偷回来。

伊阿古 长舌的淫妇！

爱米利娅 她送给凯西奥！唉！不，是我拾到了，把它交给我的丈夫的。

伊阿古 贱人，你说谎！

爱米利娅 苍天在上，我没有说谎；我没有说谎，各位先生。杀人的傻瓜啊！像你这样一个蠢才，怎么配得上这样好的一位妻子呢？

奥瑟罗 天上没有石块，可以像雷霆一样打下来吗？好一个奸贼！

❖向伊阿古扑奔，伊阿古刺爱米利娅逃下

葛莱西安诺 这妇人倒下来了，他把他的妻子杀死了。

爱米利娅 是，是。啊！把我放在夫人的一旁吧！

葛莱西安诺 他去了，他的妻子给他杀了。

蒙泰诺 这是一个罪大恶极的凶徒。你拿上这一柄我从这摩尔人手里夺下来的剑。来，在门外看守好了，别让他出去。他要是想逃走，尽管把他杀死。我要去追那恶人，那是一个不可宽恕的家伙。

❖蒙泰诺、葛莱西安诺下

奥瑟罗 我的勇气也离我而去了，每一个孱弱的懦夫都可以夺下我的剑来。可是奸恶既然战胜了正直，哪里还会有荣誉存在呢？让一切都归于幻灭吧！

爱米利娅 你的歌儿是一个谶兆①吗，夫人？听，你听没听见我的声音？我要像天鹅一般在歌声里死去。【唱】

杨柳，杨柳，杨柳……

摩尔人，她是贞洁的；她爱你，狠心的摩尔人。我说的是真话，愿我的灵魂享受天福。我的话是跟我的思想一致的。我死了，我死了。【死】

奥瑟罗 我还有一柄剑在这屋子里，那是一柄用冰泉的水所浸炼的西班牙宝剑。啊，在这儿！叔父，我一定要出来。

葛莱西安诺 【在内】你要是敢试一试，就得付出重大的代价；你没有武器，只好屈服。

奥瑟罗 那么进来瞧瞧我吧，我有话对你说；否则我虽然没有武器，也只好不顾一切跟你拼一下了。

❖葛莱西安诺重上

葛莱西安诺 什么事？

奥瑟罗 瞧！我有一柄剑，我从来不曾在一个战士的

---

① 谶兆：预言。

身边佩带过一柄比这更好的剑；凭着这一条小小的胳臂和这一柄利剑，我曾经冲破二十倍于你们这样人数的包围；可是，徒劳的夸口啊！谁能主宰他自己的命运呢？现在我已经没有那样的本领了。虽然你看我拿着武器，可是不用害怕，这儿是我的旅途的终点，我的航程的最后的目标。你吓得退走了吗？这是不必要的惊恐；谁只要拿一根灯草向奥瑟罗的胸前刺了过来，他也会向后退缩的。奥瑟罗应该到什么地方去呢？——啊，让我再看看你的脸吧，薄命的女郎！像你的衬衣一样惨白！我们在天庭对簿的时候，你这一副脸色就可以把我的灵魂赶下天堂，让魔鬼把它抓去。你全身冰冷，我的恋人！正像你的贞洁一样凛若寒霜。啊，该死的，该死的奴才！魔鬼啊，把我从这天仙一样美人的面前鞭逐出去吧！让狂风把我吹卷，让硫黄把我熏烤，让沸汤的深渊把我沉浸吧！啊，苔丝狄蒙娜！苔丝狄蒙娜！死了！啊！啊！啊！

❖罗多维科、蒙泰诺、二侍从用卧椅抬凯

西奥；警吏等押伊阿古同上

罗多维科 这鲁莽而不幸的人在哪儿？

奥瑟罗 那就是从前的奥瑟罗，我在这儿。

罗多维科 那条毒蛇呢？把这恶人带上来。

奥瑟罗 据说魔鬼的脚是分趾的，让我看看他的脚是不是这样。要是你真的是一个魔鬼，我也不能杀死你。【**刺伤伊阿古**】

罗多维科 把他手里的剑夺下来。

伊阿古 我不过流了点儿血，还没有给他杀死。

奥瑟罗 那也好，我要你留着活命；因为在我看来，死倒是一桩幸福的事。

罗多维科 啊，奥瑟罗！你本来是一个很好的汉子，却会中一个万恶的奸人的诡计，我们该说你什么呢？

奥瑟罗 随便你们怎么说吧。要是你们愿意，不妨说我是一个正直的凶手，因为我所干的事，都是出于荣誉的观念，不是出于猜嫌的私恨。

罗多维科 这恶人已经承认了一部分他的奸谋。杀死凯西奥是你跟他同谋的吗？

奥瑟罗 是的。

凯西奥 主帅，我从来不曾得罪过您。

奥瑟罗 我相信你的话，请你原谅我吧。你们问一问那个顶着人头的恶魔，为什么他要这样陷害我的灵魂和肉体？

伊阿古 什么也不要问我；你们所知道的，你们已经知道了；从这一刻起，我不再说一句话。

罗多维科 什么！你也不要祈祷吗？

葛莱西安诺 酷刑可以逼你开口。

奥瑟罗 你还是说吧。

罗多维科 将军，你将要明白经过的一切，我相信你现在一点也不知道。这是从已死的洛特利哥的衣袋里搜到的一封信，这儿还有一封，其中一封信里说到杀死凯西奥的事情由洛特利哥动手执行。

奥瑟罗 啊，奸贼！

凯西奥 野蛮残忍的阴谋！

罗多维科 这儿还有从他的衣袋里找到的一封充满怨言的信，看来好像是洛特利哥预备寄给这个万恶的奸人的；可是信还没有寄出，伊阿古就结果了他。

奥瑟罗 啊，恶毒的奸贼！凯西奥，我的妻子的手帕怎么会到你手里的？

凯西奥 我在我的房间里找到了它。他刚才已经亲口承认是他有意把它丢在那儿，借此可以达到他自己的图谋。

奥瑟罗 啊，傻瓜！傻瓜！傻瓜！

凯西奥 在洛特利哥的信里，他又埋怨伊阿古不该撺掇他在我值夜的时候向我寻事；我就是为了那一回事情而去职的。就在刚才他从长时间的昏迷中醒了过来，还说起他一切都受伊阿古的指使，结果伊阿古伤了他。

罗多维科 你必须离开这屋子，跟我们去；你的军队和兵权必须全部交卸，让凯西奥主持塞浦路斯的军政重务。对于这一个家伙，我们将要用一切巧妙的酷刑加在他的身上，使他遍受种种的痛苦，而不至于立刻死去。我们还要把你严密监禁，等候威尼斯政府判决你的罪状。来，把他带下去。

奥瑟罗 且慢，在你们走以前，再听我说一两句话。我对于国家曾经立过相当的功绩，这是执政诸公所知道的；那些话现在也不用说了。当你们把这种不幸的事实报告给他们的时候，请你们在公文上老老实实照我本来的样子叙述，不要徇情回护，也不要恶意构陷。你们应当说我是一个在恋爱上不智而过于深情的人；一个不容易发生嫉妒，可是一旦被人煽动以后，就会感到极度烦恼的人；一个像那愚蠢的印度人一般，把一颗比他整个部落所有的财产更贵重的珍珠随手抛弃的人；一个虽然不惯于流妇人之泪，可是当他被感情征服的时候，也会像涌流着胶液的阿拉伯胶树一般两眼泛滥的人。请你们把这些话记下，再补充一句：在阿勒坡，曾经有一个裹着头巾的恶毒的土耳其人殴打一个威尼斯人，诽谤我们的国家，那时候我就一把抓住这受割礼的狗子的咽喉，就这样把他杀了。**【以剑自刎】**

罗多维科 啊，多么残酷的结局！

葛莱西安诺 一切说过的话，现在又要颠倒过来了。

奥瑟罗 我在杀死你以前，曾经用一吻和你诀别；现在我自己的生命也在一吻里终结。**【倒扑在苔丝狄蒙娜身上，死】**

凯西奥 我早就担心会有这样的事发生，可是我还以为他没有武器；他的心地是光明正大的。

罗多维科 【向伊阿古】你这比痛苦、饥饿和大海更凶暴的猛犬啊！瞧瞧这床上一双浴血的尸身吧，这是你干的好事。这样伤心惨目的景象，赶快把它遮盖起来吧。葛莱西安诺，请您接收这一座屋子；这摩尔人的全部家产，都应该归您继承。总督大人，怎样处置这一个恶魔般的奸徒，什么时候，什么地点，用怎样的刑法，都要请您全权办理，千万不要宽纵他！我现在就要上船回去禀明政府，用一颗悲哀的心报告这一段悲哀的事故。

❖ 同下